〔日〕黑柳彻子 著

岩崎千弘 图　史诗 译

续窗边的小豆豆

南海出版公司

续窗边的小豆豆

新经典文化股份有限公司
www.readinglife.com
出　品

目 录

小豆豆，避难

用一生去绽放吧，像花儿一样！

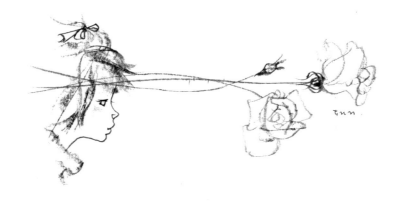

小豆豆，成为女演员

致中国读者

　　一九八四年，我第一次拜访中国。那时，我正担任世界野生动植物基金会（即 WWF，现在的世界自然基金会）日本委员会的理事。在四川省，大熊猫特别喜欢的冷箭竹大量枯萎，野生大熊猫面临危机，于是我们前去实地调查。虽然没能邂逅野生大熊猫，但是我一共见到了十六只大熊猫，还和通过人工授精诞生的、只有六个月的雄性熊猫川川成了好朋友。从小我就梦想着抱一抱熊猫宝宝，这次不但实现了心愿，还和川川一起玩了滑梯，真是美好的回忆。不过，或许是因为我穿着绿色的衣服，被认成了竹子，川川竟然一口咬上来，吓了我一大跳。

　　一九九一年，我受邀参加在上海举行的音乐节。音乐节上演奏了《窗边的小豆豆》的音乐故事，我用特意学习的中文打过招呼后，决定演唱在中国家喻户晓的《在那遥远的地方》。可光是唱歌也太没意思了，于是我加入了模仿京剧的中文台词，结果出乎意料地大受欢迎，有人甚至笑得从椅子上掉了下去。那是我有生以来反响最好的一次演出。

二〇一〇年上海世博会，"日本周"的第一天，我穿了一套带有巨大翅膀的衣服，就像大天使加百列。那时我也在琵琶的伴奏下演唱了《在那遥远的地方》，还加上了模仿京剧的表演。我本以为不会像上一次那么受欢迎了，结果一点儿也不逊色。听说在我离开之后，接连好几天都有人围上前打听："听说这里有很有意思的演出，今天还有吗？"

写书时，我总是选择写下自己感觉"真有意思"的事情。可每次回想起上海世博会的舞台，我总觉得比起日本人，我的"真有意思"似乎与中国的朋友们更合拍。《窗边的小豆豆》在中国成为畅销书，会不会也是出于这个原因呢？

我是在二〇一七年春天得知简体中文版《窗边的小豆豆》累计销量超过一千万册的。这本书在全世界被翻译成了三十多种语言，而简体中文版的销量可谓遥遥领先。如今，这一数字已经到达一千七百万册，轻轻松松就超过了日本的八百万册。

人口众多当然是原因之一，不过出版方告诉我："憧憬巴学园的不仅是小朋友，还有许多像小学老师那样的大人。如果算上在图书馆阅读和听老师朗读的孩子，应该有超过三千万的孩子在小豆豆的故事中长大，而且他们都有自己喜欢的片段。"这让我无比欣喜。

巴学园在我毕业后不久就毁于空袭。"我要做巴学园的老师！"长大后的我没能遵守和小林宗作校长之间的这一约定。但是，创作《窗边的小豆豆》似乎以另一种方式实现了约定。"我好想上这样的学校。""我也曾经是个像小豆豆一样坐不住的孩子。""我想成为不歧视别人的大人。"每次收到这样的来信，我都会感叹：我的书能让大家都知道巴学园有多么了不起，真是太好了。

二〇二三年十月，《续窗边的小豆豆》在日本出版，如今听说中文版也即将面世。我创作这本书的契机是俄乌战争。在电视上看到孩子们在战火中四处奔逃，我突然想到自己还从未写过一家人离开东京避难时的故事。

在日本，经历过战争的人已经越来越少。作为战争的亲历者，我想我要把"战争会给无辜的孩子带去痛苦"写下来。可是一动笔，说句实话，回忆当时的情形让我多少有些难受。我总想尽量讲述愉快的片段，因此也曾烦恼："读者能接受这样的书吗？"一直以来，我一定是在下意识地回避避难时的故事。但是，当那些故事汇集成书后，我又不由得松了口气：原来除了小林校长和父母，小豆豆还遇到过那么多亲切的人啊。

战争结束后，举国上下的年轻人都在拼尽全力绽放"自己的花"。十多岁的我怀着成为歌剧演唱家的梦想进入了音乐学校。每当遇到烦恼和痛苦，我都会想起小林校长那句"你真是一个好孩子"。我在《续窗边的小豆豆》中写下了这一时期的事。虽然也曾遭到恶意对待，但是周围人的善意还是帮助我坚持了下来。

我还写下了日本出现电视节目后，我成为电视台专属女演员的故事。从美国来的制作人曾经对我说："电视可能会为人们带来恒久的和平。"这让我决定在电视的世界中奋力一搏。不过，最近我开始觉得，能够"带来恒久的和平"的不只有电视，书籍、电影、绘画和音乐，乃至网络与社交媒体，只要使用得当，都能为和平做出贡献。

当和平的宝贵传递至世间每一个大人与孩子时，我大概会从心底觉得"写这本书真是太好了"。下次访问中国时，我盼望听到孩子们读完这本书的想法，也期待每一个童心未泯的大人与我分享。

黑柳彻子

二〇二四年三月 伴着春天的脚步

序

时至今日，走在街上看到牧羊犬，我仍会情不自禁地轻轻叫一声"洛基"，随即又暗暗自嘲：洛基是我小时候养的狗，怎么可能还活着呢？

洛基曾经是我最好的朋友。可是有一天，它突然从家里消失了。最近我才知道，战争时期，健康活泼的牧羊犬都被军队带走充当军犬了。一想到洛基可能也上了战场，我就会掉下眼泪。

在《窗边的小豆豆》中，我记录了在巴学园上小学的事，因为我觉得必须有人把小林宗作校长的教育理念写下来。那本书意外成了畅销书，有幸获得许多读者的青睐，其中也包括不少孩子。那是一九八一年的事了，如今四十二年过去，大家仍然叫我"小豆豆"，我真的非常开心。

在非洲的坦桑尼亚，村长召集大家时总会说"什么什么豆豆"或"豆豆怎样怎样",无论哪个小村子都是如此。我想我的名字不可能传到那里,后来才惊讶地得知,斯瓦希里语里"小孩"就是"豆豆"。多么不可思议的巧合!

小时候,我怎么也说不好自己的名字,别人问我叫什么,我的回答不是"彻子",而是"豆豆",于是大家就都开始叫我"小豆豆"了。[①] 后来等我长大了一些,大家便叫我"小彻子",只有爸爸直到我成年以后还叫我"豆豆助"。如果不是他这么叫,或许连我自己都会忘了"豆豆"这个名字。多亏有爸爸的"豆豆助",我才能想起被人叫"小豆豆"时的童年往事。

《窗边的小豆豆》的故事结束在我正准备到青森避难的时候,那时东京大轰炸刚刚过去没几天。我确实听说,有读者希望能读到这本写于四十二年前的书的续作。我的人生中,再也没有比在巴学园时更快乐的日子了,所以我一直觉得自己再也写不出比《窗边的小豆豆》更有趣的故事。不过,有那么多想知道"后来呢"的读者,渐渐地我也在想,那就试着写一下吧。

我竟花了四十二年才下定决心:好,动笔吧!

---

① "彻子"的日语发音为"Tetsuko",与"豆豆"(Toto)的发音相近。

"又冷，又困，还肚子空空。"

幸福的日子

"从明天开始，每天早饭都要吃香蕉！"

一天，爸爸突然这样宣布。

爸爸不知是从哪里听说香蕉对身体有益。如今香蕉谁都吃得起，但是在那个年代，香蕉可是很高级的水果。即使在战争结束后的很长一段时间里，小孩也只有在生病时才有机会吃上。小豆豆听过很多次爸爸的宣言，可没有比这次更让她高兴的了。

香蕉光是看颜色就让人精神一振，可爱的外形描绘出完美的弧线。皮很容易剥掉，里面软软糯糯，最重要的是特别甜。从那以后，每天早晨家里的餐桌都会摆上香蕉。

小豆豆家的菜单似乎和别人家有些不一样。那时战争的影响还不严重，还能正常买到食物。小豆豆家以西餐为主，早餐雷打不动是面包和咖啡。每天早上，爸爸把咖啡豆放进方形的木盒里，骨碌骨碌转动金属把手研磨豆子。喀啦喀啦喀啦！咖啡香气四溢。面包也有讲究，是洗足车站前的面包店每天清晨现烤现送的。法式面包圆滚滚的，形状就像屁股，外皮硬硬的，爸爸很是喜欢。

全家人齐聚的晚餐总要吃肉。爸爸特别喜欢牛肉，因此妈妈要么用平底锅煎，要么用铁丝网烤，总是不厌其烦地精心烹调。那时的人家大都吃烤鱼或煮鱼，多亏了爸爸，小豆豆总能吃到美味的牛肉，真是心满意足。不过妈妈更喜欢吃鱼，比小豆豆小两岁的弟弟也是。

爸爸是小提琴演奏家，在新交响乐团（现在的 NHK 交响乐团）担任首席。人们将他与俄国著名的小提琴家亚沙·海菲兹并举，叫他"日本的海菲兹"。除了定期音乐会，爸爸还要参加地方公演，录制音乐唱片，每天都忙个不停。他曾获得"日本第一演奏家"的称号。

得知让爸爸妈妈结缘的是伟大的作曲家贝多芬，小豆豆非常惊讶。

某一年的年末，爸爸和乐团成员决定在日比谷公会堂举办贝多芬《第九交响曲》音乐会。想要座无虚席就必须对外售票，而《第九交响曲》是再适合不过的曲子，因为到了《欢乐颂》合唱的环节，通常会交给音乐学校的学生负责。他们既不需要报酬，又争相帮忙卖票，日比谷公会堂很快就坐满了人。

在东洋音乐学校（现在的东京音乐大学）上学的妈妈是合唱队的一员，就这样认识了爸爸。妈妈穿着绿色的毛线外套和长裙，与同是绿色的贝雷帽十分相称，每一样都是她亲手织的。爸爸对美丽的妈妈一见钟情，邀请她到自己公寓一层的咖啡厅"乃木坂俱乐部"喝茶，两个人热络地聊了起来。幸运的是，爸爸也非常帅气。

他们俩聊得忘了时间，回过神来，电车和公交汽车都已经停运了，于是爸爸邀请妈妈去乃木坂俱乐部楼上的公寓。妈妈当时为了上学，借住在麹町的叔父家。此时再打电话回去已经太迟，大家大概都睡了吧。没有办法，妈妈只能跟在爸爸身后。

后来，妈妈总是忍不住念叨："都二十岁了，还满不在乎地跟着你爸爸回了家，我真是个笨蛋。"说是这么说，可妈妈心里或许是有点儿开心的，毕竟爸爸是乐团首席，还那么帅气。不过话说回来，如果贝多芬没有创作《第九交响曲》，妈妈和爸爸就不会相遇，小豆豆也不会成为他们的孩子。世上真是有太多的不可思议。

在乃木坂，爸爸和妈妈开始了新婚生活，小豆豆也是在乃木坂的医院出生的。可是乐团的排练场在洗足池（现在的大田区）附近，于是一家人搬到了北千束的独栋住宅里，这样爸爸就可以步行去排练了。

小豆豆和爸爸、妈妈、弟弟还有牧羊犬洛基生活在一起。在这期间，二弟和妹妹也出生了。房子的外观非常时尚，红屋顶白墙壁，还建了露台。地板是木制的，也就是现在所说的木地板。大家都睡在床上，而不是铺被褥睡在地上。

庭院里的水池中漂浮着睡莲，露台上方搭着葡萄架。每到秋天，沉甸甸的葡萄坠满枝头，吃起来甜津津、美滋滋的。后来战事紧张、食物短缺时，爸爸用葡萄架种出了南瓜。南瓜长得又大又好，家里一片欢喜。

房子旁边还有温室，爸爸经常一大早就兴致勃勃地打理兰花和玫瑰。

"豆豆助，来。"

有时，爸爸也会请小豆豆到温室帮忙。有一种聚集在玫瑰花苞或新芽上的小虫子，长着大象一样的长鼻子，叫玫瑰象鼻虫，小豆豆会帮忙把它们捏下来。

小豆豆的衣服全是妈妈缝的，都是商店里见不到的新款式。妈妈说"参考了外国的书"，可是她的手法也太惊人了。每次发现喜欢的布料，妈妈都会披到小豆豆身上比画比画，按照她的体形一通剪裁，然后穿针引线，一眨眼的工夫就做成了一件洋装。

"妈妈就像魔法师！"

那大概就叫"立体剪裁"吧。每次看到做好的崭新洋装，小豆豆都会目瞪口呆。

在小豆豆眼里，妈妈品位绝佳，无论是烹饪还是缝纫都乐在其中。巴学园有一阵子流行过倒着吃便当，大家都不打开盖子，而是将便当盒翻转过来打开，从盒底开始吃。每个妈妈都给孩子准备了带图案的便当，底部做得就像表面一样精致。

小豆豆妈妈做的便当更是了不得。她从下往上码放配菜，翻过来看竟然是张小女孩的脸。大家都惊得瞪大了眼睛，后来一到吃便当的时间，就都聚到小豆豆身边："给我看看！给我看看！"现在所谓的"角色便当"，其实在那个年代就有了。

附近的洗足池公园是个适合孩子们玩耍的地方。据说镰仓时代的日莲圣人曾用这里的泉水洗脚，这才有了"洗足池"这个名字。池水清澈见底，四周环绕着苍郁的树林，池子一角架着漂亮的太鼓桥。小豆豆曾经趴在桥上，伸出胳膊想抓小龙虾，结果掉下去两次，当然都被立刻救上了岸。这里还能看到神社、茶铺和胜海舟夫妇的墓地，假日里总是挤满了合家出游的人。

在儿童游乐场"丁零当啷园"里，五米高的滑梯最受欢迎。一到傍晚，附近的孩子们便全都跑过来。大家"啊呀啊呀"欢呼着，一直滑到太阳落山。从特别高的地方一口气滑下去时，感觉就像坐在什么奇特的东西上，又像大象的鼻子，又像云彩。"是象鼻子！""接下来是云彩！""是魔毯！"各种各样的想象总是随着小豆豆一起滑下来。

玩滑梯时睁着眼睛也很有趣，绵延到远方的街道风景咻的一下便从眼前消失不见。在不同的季节里，天空的颜色时浓时淡，云朵的形状也会随之变化。到了夏末，滚滚的积雨云在不知不觉中消散，天空仿佛蒙了一层薄薄的云纱。"啊——夏天结束了。"小豆豆感到有些落寞，忍不住想把那云纱翻过来披在肩上，像妖精一样滑下滑梯。

丁零当啷园旁边有栋空宅，小豆豆经常和小伙伴们一起钻进去，在榻榻米上啪嗒啪嗒地跑来跑去。

很久以后，小豆豆才知道那曾是胜海舟的别墅。胜海舟在那里度过了悠闲自在的晚年时光，还曾在宅子里和西乡隆盛尽兴畅谈。虽然小豆豆他们脱了鞋子，可是能在如此大有来头的宅子里满不在乎地跑来跑去，到底还是因为战前那段时期一切都比较宽松吧。啪嗒啪嗒乱跑也好，玩捉鬼游戏或捉迷藏也好，他们从来没有被大人们训斥过。

胜海舟在那里说过什么样的话，小豆豆是看了日本放送协会（NHK）拍摄的历史剧才知道的。那时，小豆豆觉得就像是和自己的叔叔久别重逢一般。

银座散步、滑雪和海水浴

"每年都带豆豆助去一次银座吧。"

爸爸不知想到了什么，冒出这么一句话来，而且后来也没有忘记这个约定，每年都认真执行。爸爸平时只和妈妈一起出门，能这么说还真是稀奇。

爸爸先带小豆豆来到资生堂会馆，点了装在银杯子里的半球形冰激凌，旁边还搭配着威化饼干。用亮晶晶的勺子舀一口冰激凌，轻轻放进嘴里，冰凉和甜蜜从嘴里一直蔓延到头顶，在小豆豆眼中，全世界都变得幸福了起来。

吃完冰激凌，两人沿着银座大街闲逛，时而看看橱窗，时而走进商店。爸爸还不太习惯和小孩待在一起，只要小豆豆看向某个商品，他就会立刻追问："想要吗？"说着便准备去买。

可是小豆豆心想："我并不想要呀，只是看几眼！"爸爸一辈子只为小提琴和妈妈着迷，就连小豆豆也发现他压根不能理解女孩子的心思。小豆豆觉得就算她说"我只是想看看"，爸爸也不会明白的，于是她只用余光瞥着橱窗，即使好奇也不会多做停留。

不过，走进三越百货旁边的"金太郎"玩具店时，买东西就成了目的。犹豫了好半天，小豆豆选了一件类似拉洋片的玩具，凑上去往里看，便能见到画面像电影一样动来动去。

小豆豆抱着玩具，爸爸则怀着给女儿买好了玩具的满足感，两人就这样来到日本剧场（现为有乐町MULLION）楼下的电影院。看完《大力水手》和《米老鼠》之类的电影，再坐上出租车回家。父女俩一年一度的优雅的"银座约会"一直持续到战事激烈的时候——那时，所有的快乐和美味都从世间消失了。

现在想来，小豆豆真是度过了上天眷顾的少女时代。

到了冬天，全家人便来到志贺高原。当时的志贺高原十分国际化，到处都是从上海、香港甚至欧洲前来观光的游客。指挥家斋藤秀雄在那里有幢别墅，正是他邀请爸爸去演奏，这才有了小豆豆一家的志贺高原之行。斋藤秀雄是小泽征尔的恩师，也是著名的大提琴家，曾和爸爸他们一起表演四重奏。

走进要入住的酒店的一瞬间，温暖的大堂立刻让小豆豆吃了一惊。餐厅啊，走廊啊，无论哪里都很暖和，就连洗手间也一样。小豆豆还看到餐厅的服务生从雪中挖出了黄色的蔬菜，嚼起来脆生生的，服务生说那是芹菜。妈妈和小豆豆都是第一次吃芹菜。

志贺高原的音乐会在外国人专用的酒店举行。那里每晚都有舞会，爸爸他们就在那儿演奏，但他的主要目的是滑雪。爸爸格外中意志贺高原，每次的演出之旅都会带上家人。

那时的滑雪场没有缆车，穿戴好滑雪板后，要自己爬上斜面再滑下去。小豆豆穿着冬季的厚连衣裙和长裤，踩着儿童滑雪板在雪道上走来走去。妈妈的头上裹着绿色的丝巾，风一吹特别潇洒，和小豆豆想象中的画面一模一样。

也许是因为小孩子很少，雪道上的外国人总来和小豆豆打招呼。

"喔，真可爱！"

小豆豆听不太懂，却也知道他们是在夸她，于是便用"thank you"回应。她只会说这一句英语，每次有外国人跟她打招呼，她就低下头，一遍遍重复这句话。

一天，一个蓝眼睛的年轻滑雪者笑眯眯地走了过来。

"要不要坐我的滑雪板？"

对方做了个动作示意。小豆豆犹豫了一下，毕竟是个陌生人，不过她还是去问就在附近的爸爸："可以吗？"

爸爸也笑眯眯地说："试试怎么样？"

一切都正中小豆豆的想法。

"Thank you very much！"

小豆豆说着就跟了过去。

不知沿着雪坡向上爬了多久，那个人将自己的两块滑雪板并在一起，让小豆豆蹲在前端。小豆豆还没回过神，滑雪板已经在雪道上自由自在地滑起来了。

身体忽左忽右，那感觉与玩滑梯完全不同，速度更快，也更加顺滑，带着摇篮般的节奏，痛快得仿佛可以直接飞上天空。那个人一直在身后支撑着不让小豆豆跌倒。

不是背着或抱着，而是让孩子乘上滑雪板，这种技术可不是普通人能够模仿的。后来，酒店的人告诉小豆豆，那似乎是在美国电影里露过面的滑雪名人。这可让小豆豆有些得意：连世界级的滑雪健将都喜欢自己呢。

到了夏天，小豆豆最喜欢去爸爸的哥哥居住的镰仓由比滨游泳。伯父名叫田口修治，是一名纪录片摄影师，他为人熟知的是另一个名字"修·田口"。他曾几次前往战地，战争结束后在教育类影片上大展身手。

伯父曾经送给小豆豆一个黑白两色的玩偶熊，是从纽约带回来的礼物。很久之后，小豆豆才知道那是熊猫。当时，美国人对熊猫空前地狂热。一个美国女人为了完成探险家丈夫的遗愿，前往中国四川省寻找"梦幻中的动物"熊猫。她很快在竹林里发现了熊猫幼崽，并把它乔装成小狗带回美国，放到芝加哥的动物园饲养。熊猫一下子风靡美国，大街小巷随处都可以看到相关商品。

那时小豆豆还完全不知道有熊猫这种动物，只是在心里感叹了一句："唔——竟然还有黑白的熊啊。"那个玩偶成了小豆豆一辈子的朋友。

在镰仓的海边，妈妈总是身穿泳衣。在当时的日本，几乎所有女性在海水浴时都会用贴身衬裙搭配内衣来代替泳衣，只要下过水便可能透出胸部，不过大家都毫不在意，其中中年女性占了多数。"竟然就这样大摇大摆地炫耀，真厉害啊！"虽然小豆豆这么想，可在当时那就是理所当然的事。

"两条腿怎么不一样长了？"

那是发生在上小学前一年的事。夏天的一个早上，小豆豆被右腿的阵痛疼醒了。

"睡觉的时候腿好疼！"

听到小豆豆哭诉，正在准备早饭的妈妈停了下来。

"糟了！快去医院！"

每到关键时刻，妈妈总是果断利落。但是小豆豆说什么也不想去医院，只好绞尽脑汁找借口。

"那——个啊，可能是昨天翻跟头的时候磕到了。"

可是妈妈并不理会，拽起小豆豆就去了附近昭和医专（现在的昭和大学医学部）的医院。

一位开朗的男医生检查了小豆豆的腿。查着查着，医生原本明朗的表情黯淡下来。

"赶紧住院吧。"

小豆豆稀里糊涂的，还不知道发生了什么，便被要求躺到床上。绷带蘸上黏糊糊的石膏，一眨眼的工夫就从右脚脚尖一直缠到了腰部。

小豆豆的右腿患上了结核性髋关节炎。血液搬来的结核菌在髋关节引起炎症，如果放任不管，关节表面的软骨就会被破坏，进而波及骨头本身，关节甚至还会出现粘连。

骨碌骨碌裹好石膏的瞬间，医生说了句什么"完美、完美也"，随即咚咚两声，响亮却又十分轻柔地敲了敲小豆豆用石膏固定好的右腿。小豆豆觉得自己仿佛变成了一种新型人偶，身体无法动弹也是从未有过的体验。她不禁悠闲自得起来：一直躺着可真舒服啊。医生说了句"一定要静养"，便直接把小豆豆带到了儿童专用的床上。

"您家女儿恐怕一辈子都要拄拐了。"

医生当时这样对妈妈说，可是小豆豆对此一无所知。

第一次住院，由于打了石膏，躺在床上的小豆豆连翻身也翻不了，睡不着的时候只能直勾勾地盯着天花板。不过有意思的事情也不少，爸爸和妈妈每天都来病房照顾她。小豆豆经常读妈妈带来的书，临睡时还两手各拿一个洋娃娃或毛绒玩具，把它们放在胸口上聊天，就这么度过了很多时光。

吃饭时，护士或妈妈会将食物切成小块喂给小豆豆，可是和妈妈的手艺比起来，医院的饭菜实在不怎么好吃。

小豆豆最讨厌的就是切成方形的高野豆腐。也许是因为营养丰富，它老是出现在配菜中。每次听到"今天的配菜是高野豆腐哦"，小豆豆总会一边想着"啊——又是它"，一边微微地抬起头，盯着面前的茶色方块。护士一拿来筷子，小豆豆就用筷子使劲挤压高野豆腐，直到汁水全部溢出来。"真讨厌啊！"她想。

但是，在护士眼里，每次都这么又压又挤的小豆豆一定是非常喜欢高野豆腐的。

小豆豆实在太不走运了，在昭和医专住院期间又感染了猩红热。这是一种小孩子容易得的传染病，小豆豆右腿上的石膏还没拆，就被送到了附近专门治疗传染病的荏原医院隔离。她又是发高烧，又是长了一身的红疹，嗓子也疼得不得了。不过也有好玩的时候，情况一开始好转，皮肤就像小蛇蜕皮似的丝滑地脱落，手上的皮肤甚至蜕成了手套一样的形状，虽然痒痒的，但很有意思。

弟弟明儿也感染了猩红热，可真是累坏了爸爸妈妈。为了照顾两个孩子，妈妈得一直待在医院，回不了家。爸爸只好每天骑着自行车往医院送饭菜，也不知道他是从哪里弄来的。

坏运气并没有到此为止。

小豆豆终于治好猩红热回到昭和医专，这回又得了水痘。真是一波未平，一波又起。水痘也是传染病，小豆豆又裹着石膏返回荏原医院。腿上的石膏也完全没有能取下来的迹象。

水痘痒得小豆豆直想哭。正是夏天，小豆豆浑身上下都是小泡。没裹石膏的地方还好，可以挠几下，或者涂些止痒膏。可是石膏里面完全没法把手伸进去挠，出了汗就像个蒸笼，简直让人无法忍受。小豆豆想把细长的小棍塞进缝隙里挠一挠，却怎么也办不到。

发现小豆豆这么狼狈，爸爸拿来了尺子。从缝隙慢慢塞进去，扁扁的尺子成功抵达了痒痒的地方。

"爸爸，够到了！太成功啦！"

总是忙于小提琴的爸爸能如此努力想办法，小豆豆开心得不禁鼓起掌来。膝盖后面啊，还有最痒的地方啊，尺子也无计可施，不过小豆豆都忍下来了。

当医院外面传来吱啦吱啦的蝉鸣时，拆石膏的日子也到了。整个夏天一直被挤压在石膏里的右腿细了不少。住院期间，小豆豆多少长了些个子，两条腿并起来一看，左腿竟然比右腿长了。

"哎呀，两条腿怎么不一样长了？"

医生拆掉石膏时，小豆豆和妈妈看着彼此笑出了声。不过这样一来，两腿失去平衡，小豆豆就走不好路了。于是从昭和医专出院后，小豆豆又是去骨科医院就诊，又是去神奈川县的汤河原温泉疗养，进行现在所说的"康复治疗"。

　　小豆豆是和奶奶还有两名年轻的保姆一起去的。小豆豆在榻榻米上跑来跑去的时候，奶奶说的不是"安静点儿"，而是"我讨厌声音"。短短一句话便吓住了小豆豆，她只好努力保持安静。

　　从汤河原回来时，爸爸和妈妈到品川站接小豆豆。当小豆豆下了车从站台跑向他们时，两人都哭了。久别重逢确实值得开心，但爸爸妈妈之所以落泪，是因为昭和医专的医生曾说小豆豆可能一辈子都要拄拐，眼前奔向他们的小豆豆实在太让人欢喜了。这是她长大后才知道的。

　　两条腿又一样长了，能走也能跑。小豆豆可真幸运啊。

自动奶糖机

小豆豆上小学了。

一年级上到一半时，小豆豆转学到了"自由之丘"车站前的巴学园。不过，小豆豆从五岁起就开始学钢琴，每周都得从北千束坐电车去涩谷的老师家上一次课，中间还要换乘。

换乘是在大冈山站。走下车站台阶，有样东西格外吸引小豆豆。那是森永奶糖的自动售货机。当时的大冈山除了东京工业大学之外什么都没有，是个很荒凉的地方，却放置了最新式的售货机，如今想来仍然觉得不可思议。把五分钱硬币塞进细长的投币口，装着奶糖的小盒子就会掉出来。不过，也许因为日本那时已经开始出现食品短缺，从没见那台售货机里有过奶糖。

但是，小豆豆并未想过这是食品短缺导致的。她总是满怀期待地站在机器前，塞入五分钱硬币，按下按钮，等待奶糖出来。喀啦！硬币原封不动地回到了下面的小托盘里。

"不还钱也没关系，我就想看奶糖出来！"

小豆豆这么想着，来回摇晃机器，可是丝毫没有要掉出奶糖的迹象。她实在太想看一看了。

每次去上钢琴课，小豆豆都会摇一摇自动售货机，心想"或许修好了呢"。

难道那台机器只是东京工业大学的学生做的样品？

有时候，妈妈会陪小豆豆去上钢琴课，小豆豆也就有了比自动奶糖机更期待的东西。下课后，妈妈总会带小豆豆去涩谷车站前的餐厅。每次妈妈问想吃什么，小豆豆都会回答："冰激凌！"

一次，像往常一样，下课后小豆豆和妈妈跨过忠犬八公雕像前的路口，来到如今"涩谷109"大楼前方的一家大型餐厅。她们和一个独自用餐的年轻士兵拼桌。小豆豆嘴边沾满了冰激凌，跟妈妈聊个不停。这时，已经吃完饭的年轻士兵站起身，微笑着看向她们。

"这个，请收下吧。"

他递给妈妈的纸片上印着"外食券"的字样。那时物资正逐渐短缺，如果想去街上的餐厅吃饭，有时就需要外食券。小豆豆是第一次见到这种东西。

"这么宝贵的东西我们不能收，太贵重了。"

妈妈惶恐地说着，准备把纸券还给他。可是他把外食券推给妈妈，头也不回地走了。

战争结束后，小豆豆仍常常回想起这一幕。那个人独自来到餐厅，大概是因为马上就要上战场了吧。看到她们母女俩开心地吃着冰激凌，他大概想起了自己年幼的妹妹或亲戚家的孩子，所以才会把外食券送给妈妈。不知道他是否平安回家了呢？

与美国开战是在那一年的年末。

也不知从什么时候开始，小豆豆不再练琴了。

和美国开战之前，除了爸爸，全家人曾一起去过妈妈在北海道的老家。那是妈妈结婚后第一次回娘家。

回来的路上，在青森开往上野的火车中，小豆豆就像粘在窗户上一样，一直望着窗外的景色。前排坐着两位大叔，正你一言我一语地讨论关于马儿的事。"那匹栗色的马特别好。""小马便宜些，真想买一匹啊。"

发车没一会儿，满窗红彤彤的光景突然跃入小豆豆的眼帘。是苹果园。

"苹果！苹果！"

不止小豆豆，连妈妈都高声喊了起来。树上结满了红通通的苹果，看起来又漂亮又美味，小豆豆他们看得出神。

"怎么办呢，又不可能现在就下车。"妈妈正朝小豆豆他们说着，坐在前排的一位叔叔搭起话来："想要苹果吗？"

"嗯！想要，我们想要。东京已经很长时间吃不到苹果了，也买不到。"

"我们倒是在下一站下车。这样吧，夫人，您留个地址。"

妈妈连忙从记事本上撕下一张纸，用大大的字写下东京的住址，递给那位叔叔。叔叔把纸片塞进口袋，到了下一站，便手忙脚乱地起身下车了。

大约过了两个星期，小豆豆家收到了那位叔叔寄来的苹果，足足有两大箱。红通通的苹果从稻谷壳里探出头来，看着就很美味。吃起来当然也是又香又甜，让人开心得直想流泪。

缘分由此结下，妈妈和那位叔叔开始互通书信。叔叔姓沼畑，在青森县三户郡的诹访平经营一个大农场。他又陆陆续续给小豆豆家寄来了土豆和南瓜等各种蔬菜。

后来，在一封信中，叔叔说自己的大儿子来年要到东京上大学，但是没有熟人，希望能寄宿在小豆豆家。妈妈答应了叔叔的请求。可是就在要来寄宿的时候，大哥哥被征召入伍，不到一年便战死了。

战争结束后，每次看到应征入伍的大学生列队行进的新闻画面，小豆豆都会睁大眼睛，觉得叔叔的大儿子就在其中。

书是好朋友

小豆豆爱上读书是因为爸爸。他把照顾孩子的职责交给了妈妈，却似乎认定给孩子读书是父亲的责任。晚上小豆豆一钻进被窝，爸爸便迫不及待地将书夹在腋下跑过来。他把椅子拉到床边，这是朗读开始的信号。

爸爸给小豆豆读的大多是小说。小豆豆在那个年纪应该更适合看绘本，爸爸读的却是埃德蒙多·德·亚米契斯的《爱的教育》和伯内特夫人的《小爵爷》之类的小说，每晚都读上一段。小豆豆最喜欢《爱的教育》。她听爸爸读着书，脑袋里却是这样想的：

"爸爸很努力，可是读得不太好。等小豆豆长大了，要成为一个擅长给自己的孩子读书的妈妈。"

住院时也一样，只要打开喜欢的书，小豆豆就会忘记身体的痛痒和心中的不安。多亏住院时间很长，小豆豆养成了自己读书的习惯，这或许算是不幸中的万幸。绘本和别的儿童读物渐渐无法再满足小豆豆，一出院，她就开始在爸爸的书架上搜罗起来。

印象最深的是志贺直哉的《暗夜行路》。

"哪本好呢？"

小豆豆拿起面前茶色封皮的书，啪啦啪啦翻了起来。爸爸的书又厚又重，怎么都翻不到插图，字也印得非常小。不过当时的汉字旁都有注音，只要慢慢读总能读懂。虽然没有童话或绘本里那样的插图，但相应地有对人物外貌的细致描写。在脑海中想象他们的服装和发型，也是件愉快的事。

看到小豆豆十分享受阅读的乐趣，爸爸和妈妈买来了面向孩子的文学全集《日本少年国民文库》。整套书有十多册，小豆豆尤其喜欢其中的《世界名作选》。

这一册收录了列夫·托尔斯泰、罗曼·罗兰、卡雷尔·恰佩克、马克·吐温等作家的作品，还有卡尔·布瑟的诗歌以及本杰明·富兰克林的自传。作为给孩子看的书，内容可真是太丰富了。

小豆豆最喜欢的是埃里希·凯斯特纳的《小不点和安东》。在富裕家庭中长大的淘气小不点，贫穷却体贴母亲的少年安东，两人的友情故事让她格外着迷。

小豆豆家禁止买零食，却允许"赊账"买书。小豆豆双眼紧盯塞得满满当当的书架，一本本拿出来翻看，一找到想读的书，她就会拜托坐在收银台旁的叔叔："我是黑柳，请帮我把这本书记在账上。"她把书抱在胸前，一溜烟跑回家。

然而，书店里的书架也开始发生剧变。就像梳子缺了梳齿一样，架子上的空隙越来越明显。这也是战争造成的，物资短缺影响了印刷用纸，出版社也无能为力。每次看到书店里越来越冷清的书架，小豆豆都会伤心不已。

一天放学路上，小豆豆像往常一样去了书店。书架还是那么稀疏，甚至让人觉得不是在卖书，而是在卖架子。特别是摆放童书的书架，就像个空空的壳子。不过小豆豆还是从书架一角少量卖剩下的书中拿出一本，书名是"新作落语 ^①"。

毕竟是卖剩下的啊。小豆豆不抱期待地读了起来，却发现比想象中有趣得多。

为了不让小偷进屋，主人在家里各处都安了防盗装置，却稀里糊涂困住了自己。有钱人家的大小姐因为不停放屁嫁不出去，好不容易结婚了，却在新婚之夜放了个大屁，新郎被崩得在屋子里飞旋了七圈半，最终气绝身亡。

① 落语是日本的一种曲艺，一般由一人表演，内容多讲滑稽故事，以逗人发笑，类似我国的单口相声。

这些人物一个接一个登场，要么怪怪的，要么有让人捧腹大笑的缺点。读着如此奇妙的内容，小豆豆不禁再次感叹：书可真好啊！

十五颗大豆

战争年代的东京，冬天要比现在冷上好多。

"又冷，又困，还肚子空空。"

去巴学园上学或放学的路上，小豆豆他们总是一边走一边齐声念着这句话，有时还配上简单的曲调，就像在哼唱自己的主题曲。

大米配给制度从太平洋战争前就已经开始，没过多久，餐馆便纷纷关门。随着战争越拖越长，政府开始配发红薯、大豆、玉米和高粱米作为"代粮"。

当大豆顶替了每天便当里的白米饭时，大家陷入了饥饿的痛苦中。运动会上，看到白米饭齐刷刷地从饭盒里消失，小豆豆不禁伤心地回忆起来：去年运动会吃的可是妈妈给我做的豆皮寿司呢，还甜丝丝的。

一个寒冷的早晨，小豆豆正要去上学，妈妈递来一个信封，里面装着用平底锅炒过的十五颗大豆。

"听好了，这是彻子今天一整天的食物哦。"

妈妈把信封放到小豆豆手里。

"可不能着急一口气全都吃完呀。放学回家后也没有别的食物了，所以什么时候吃，每次吃几颗，你要自己安排好。"

啊，从今天开始，便当里就只剩大豆了。就算肚子再饿，也不能一次吃光。

"吃过之后要多喝水哦，那样肚子就会胀起来。"

妈妈一遍又一遍地叮嘱小豆豆。

"十五颗啊，那早上吃三颗吧。"

这样决定好后，小豆豆在上学路上先吃了一颗。

"嘎嘣嘎嘣嘎嘣。"

用后槽牙一嚼，一颗大豆转眼就不见了。于是小豆豆又吃了第二颗。

"嘎嘣嘎嘣嘎嘣。"

这一颗也一眨眼就消失了。回过神来，第三颗已经放进了嘴里。

"啊——都吃掉三颗了。"

到了学校，小豆豆照妈妈说的，喝了好多水。

"刚才吃掉的大豆在肚子里吸满了水，已经胀起来了呢。"

小豆豆想象着肚子里发生了什么。

"还剩十二颗啊。"

小豆豆把装大豆的信封塞进了裤子的口袋里。

课上到中午，防空警报响了，小豆豆他们一齐钻进校园一角的防空洞。入口一关，里头便黑得伸手不见五指。大家最初都蜷缩在原地，大气也不敢出，可是没过一会儿便感到无聊了，开始小声说话打发时间。

不知是谁说了句"我吃过冰激凌"，于是小豆豆跟着说："我也吃过。"警报解除的信号音迟迟未响，在漆黑的防空洞里，很难不想起大豆。

小豆豆实在忍不住了，掏出口袋里的信封，小心翼翼地取出两颗大豆，一下子塞进嘴里。

"嘎嘣，嘎嘣嘎嘣。"

小豆豆想立刻吃掉剩下的豆子。可是如果现在吃光，回家就没东西可吃了。

"忍一忍，忍一忍……"

小豆豆的大脑转动起来。

"我现在有十颗大豆。万一炸弹掉进这个防空洞，大家可能都会死的，所以还是现在吃掉更好。"

"就算炸弹没打中防空洞，我家也可能在空袭中着火，等我回到家，爸爸妈妈也许都死了。要是那样该怎么办呢？果然还是趁现在吃掉剩下的十颗大豆更好。"

大脑转啊转，转啊转，小豆豆想到了各种各样的情形，不由得伤心起来。

"家里可最好不要着火啊。"

她这样想着，吞下了两颗大豆。

不一会儿，空袭警报解除的信号音响了起来，小豆豆他们终于能离开防空洞了。

"今天就这样吧，大家可以回家了。"

小豆豆按照老师说的离开了学校。可是离家越近，她就越是担心。直到看到家里的房子和早上离开时一模一样，小豆豆才总算安下心来。

"啊，太好了。家里没着火，妈妈他们都还活着，而且我还有八颗大豆！"

小豆豆摸着胸口，终于松了口气。

饿得睡不着时，小豆豆便会画出梦中的美味佳肴。这是妈妈发明的游戏，先画出想吃的东西，然后一边说着"我开动了""啊呜啊呜""再来一份"，一边装出吃东西的样子。小豆豆画了甜甜的厚蛋烧和烤肉，啊呜啊呜地嚼来嚼去。

配给的食物变成了海藻面。将海边捞上来的厚昆布磨成粉，然后混入魔芋粉条中，就是海藻面。小豆豆总觉得这种面就像青蛙卵一样讨厌，却又别无选择。已经没有调味料了，只能用热水煮一煮，哧溜哧溜把青蛙卵吞下肚。

冬日里的星期天，小豆豆走在从小就常去的洗足教会主日学校的路上。雨水淅淅沥沥，真是个冷飕飕的早晨。小豆豆像往常一样，边走边念念有词："又冷，又困，还肚子空空。"只要哼出这句话，就会有种在远足的感觉。

风呼呼作响。似乎流了点儿眼泪。小豆豆觉得自己的表情有些奇怪。

"喂！站住！"

巡逻的警察突然叫住了小豆豆。

"你为什么哭？"

小豆豆伸出手，擦着眼泪回答道："因为我冷。"

警察立刻大吼起来："你怎么不想想战场上的人！怎么能因为冷就哭？有什么可哭的！"

小豆豆被这惊人的愤怒吓到了，不过她又想：是吗，打仗时连哭都不能哭啊。

"我不想挨骂。原来打仗就是连哭也不行。就算又冷，又困，还肚子空空，也还是别哭了吧。有人比我难受多了。"

这已经是小豆豆能尽的最大努力了。

鱿鱼干味道的战争责任

　　街巷里大排长队渐渐成了日常光景。只要商店进货，队伍一转眼便能排起来。卖的是什么并不重要，总之占上位置再说。这就是大家排队的心理。

　　"好不容易轮到自己了，正高兴着，结果发现是葬礼上香的队。"

　　忘了是什么时候，妈妈曾讲过这种类似落语的故事，小豆豆听到后哈哈大笑。那时的商店多少还有东西可卖，妈妈他们或许也还有将失误当成笑话讲的从容。

　　就在那时，自由之丘车站前发生了一件事。

　　从巴学园回家的路上，小豆豆准备去坐电车，于是一路走到车站前。在那里，一个士兵的家人和邻居正在为他送行。

　　"喔，那个人也要被送去打仗了啊。"

　　此时，小豆豆的爸爸也好，身边认识的人也好，都还没有被军队征走，所以小豆豆很难想象那些人的心情，但是她能看出大家都在努力压抑自己的情绪。

"挥舞这面小旗吧。"

正当小豆豆望着眼前从未见过的场景时，有人递来了一面小旗和一条烤干的鱿鱼腿。抬头一看，一个陌生男人正在朝她微笑。

"什么意思呢？挥舞小旗就能得到鱿鱼干吗？"

小豆豆确实肚子空空的，于是想都没想便接过了鱿鱼干和小旗。

妈妈一直教导小豆豆，不能接受陌生人的东西，可是小豆豆肚子实在太饿了，没能战胜鱿鱼干的诱惑。她四下张望，男女老少都一边高喊"万岁"，一边挥舞旗子。

"鱿鱼干果然是挥舞小旗的报酬啊。"

小豆豆这么想着，和周围的人们一起高喊"万岁"，用力挥起小旗来。

不一会儿，仪式结束了，士兵消失在车站中，挥舞小旗的人们也纷纷离开了。

瞅准周围没人了，小豆豆把鱿鱼腿塞进嘴里。

从那以后，小豆豆开始期待这种仪式。巴学园就在自由之丘车站前，即使还在上课，只要听到那边传来"万岁"声，她就会悄悄溜出教室，朝着车站跑去。巴学园的校风非常自由，就算随便离开教室，也不会被老师责骂。

小豆豆使劲挥舞小旗。每次得到鱿鱼腿，她都会陶醉地嚼个不停。

然而，不知从什么时候开始，无论怎么挥舞小旗，都得不到鱿鱼干了。食物短缺的影响已经波及送行仪式。发现溜出教室去挥舞小旗也得不到鱿鱼干，小豆豆便再也不去了。

但是，鱿鱼干的味道一直留在小豆豆的记忆中。

一九四四年秋末，小豆豆的爸爸也被派随军了。战败后，爸爸长时间被关押在西伯利亚的俘虏收容所，一九四九年末才回到北千束的家。小豆豆喜欢的人们，包括给她讲美国故事的田口伯父，都成了士兵，被送上了战场。

战争结束，有的人回来了，有的人没有。打仗的时候小豆豆还不懂，可是战争结束后，她明白了拿着鱿鱼干去喊"万岁"是绝对不应该做的事。

小豆豆想了很多。

在人们的目送下从自由之丘车站去往战场的士兵当中，究竟有多少人活着回来了呢？

小豆豆挥舞小旗送别他们，是因为她想吃鱿鱼腿。但是，那些人看着挥舞旗子的小豆豆，或许会对自己说："我要为了这些送我的孩子战斗。"

如果有人真的这么想，而且最后死去了，那么责任的另一端无疑也有小豆豆的存在。而小豆豆大喊"万岁"却是出于对鱿鱼干的渴望，这是不是也背离了他们的情感呢？

长大以后意识到这一点，小豆豆对自己的行为十分后悔。无论出于什么理由，都不应该朝着即将前往战场的人喊"万岁"。想吃鱿鱼干是不用负责的，可这种"不用负责"正是小豆豆不得不背负的战争责任。

"征兵令来了。"

　　一九四四年春天，太平洋战争已经持续了两年半。在小豆豆家，开心事和伤心事都在不断发生。

　　四月，妹妹真理出生了，家里有了四个孩子，这是开心事。然而五月，最大的弟弟明儿因为败血症离世。不久前，明儿还在蹦蹦跳跳地上学。他成绩好，小提琴也拉得很好，总是和小豆豆形影不离。后来小豆豆才听说，只要打一针青霉素，明儿就能得救。

　　奇怪的是，小豆豆完全不记得明儿离世时的情形，或者更准确地说，是不记得关于明儿的任何事。"你们俩不是一直手拉手肩并肩地去学校吗？"两人的关系明明像妈妈描述的那样亲密，可不知为什么，小豆豆就是没有印象了。看到照片，小豆豆甚至还说："哎——原来他长这样啊。"这一定是因为小豆豆无法接受明儿死去的事实，从大脑中驱逐了关于他的记忆。因此，爸爸妈妈失去明儿后悲伤的样子也没有留在小豆豆的记忆中。

后来听妈妈说，在弥留之际，明儿曾经一字一句地祈祷："神啊，我就要去天堂了，请一定让这家人平安快乐地生活下去。"

那年夏天，妈妈决定去乡下避难。首先必须考虑的是去哪儿。出生于东京的爸爸在乡下没有亲友，妈妈的故乡又在北海道，离东京太远。于是妈妈把爸爸一个人留在东京，带着三个年幼的孩子踏上旅途，寻找避难地。

妈妈一开始选择了仙台。因为她的爸爸，也就是小豆豆的外公，是从如今仙台的东北大学医学部毕业后成为医生的，一家人多少与仙台有些缘分。

妈妈拉着小豆豆他们在仙台站下车，在车站前转了一圈，一个念头一闪而过。

"不行，这里绝对会遭到空袭。"

妈妈的预感很准。第二年七月，B-29 轰炸机大规模空袭仙台，市区目之所及全被炸成了荒原。妈妈在北海道的大自然中出生，或许拥有动物般的直觉，能够提前觉察危险。

放弃仙台后，小豆豆他们又来到福岛。从福岛站一下车，妈妈便四处向路人打听："这里有没有能避难的地方？"有人说可以去饭坂温泉，于是几人便坐上晃晃悠悠的公共汽车奔了过去。

饭坂温泉一个客人都没有。小豆豆为了治疗右脚去汤河原温泉时，镇上到处冒着热气，大人小孩都顶着暖融融、红扑扑的脸蛋，一派生气勃勃的景象。饭坂温泉和汤河原温泉的巨大差异让小豆豆大吃一惊，可是仔细想来，那时战况已经十分严峻，没有人能悠闲自得地来泡温泉了。

小豆豆他们转了好几家旅馆，逐一表明来意后，一家旅馆的大叔接受了他们的请求："就从我家旅馆借一间房呗。"妈妈似乎松了口气，握住小豆豆的手："那就太好了。"

小豆豆的目光被一样东西吸引了。这位亲切的大叔穿的既不是长裤也不是短裤，而是一件松松垮垮、暗红色的东西。那是什么？长度就跟小豆豆他们穿的灯笼裤差不多。大叔正在乘凉，啪嗒啪嗒摇着团扇，可他穿着那东西的模样就像动物园里双腿站立的动物。

小豆豆实在按捺不住好奇心了。

"妈妈，那位叔叔穿的是什么啊？"

"那个叫'猿股'哦。"

妈妈小声回答。小豆豆不禁笑了起来："真的！叔叔的腿和猿猴一样。"现在回想起来，那副装扮放在大人身上多少显得有些不得体，可是小豆豆非常喜欢猿股这个名称。她想，如果在这个温泉旅馆住下，或许能遇到和东京不一样的有意思的人，还能接触到美丽的大自然和从没见过的动物呢。

大叔借出的旅馆房间宽敞明亮，购买食物也比东京容易得多。"就在这里避难吧。"妈妈说着，给东京的爸爸发了电报。

爸爸的回复很快就来了。可是读过电报，妈妈的表情眼看着僵住了。大家立刻收拾行李，赶回东京。

回程的火车上，妈妈的神情也一直非常严肃。后来小豆豆才知道，爸爸发来的电报是这样写的：

"征兵令来了。"

连队的朋友

听到未曾听过的声响，小豆豆大半夜醒了过来。那是妈妈在里面的房间呜呜咽咽的声音。她肩头颤抖，内心的震颤仿佛已经飞出体外，声音低沉而沙哑。爸爸似乎也在流泪。

第二天早上，小豆豆问妈妈："为什么哭呢？"妈妈面不改色，静静地说道："爸爸要去当兵了。"

当时的日本有征兵制度。爸爸在二十岁时接受过征兵检查，结果是五个级别中的第三级"丙级合格"，也就是勉强合格，但并不适合服役。最优秀的是甲级，其次是乙级。爸爸在那个年代属于高个子。太高的人难以配到尺寸合适的军服，所以大多拿不到甲级合格，一般都是乙级或丙级。

爸爸大概就是因此免于兵役的。或者说，丙级的人不去当兵应该也无所谓。可是，就连这样的爸爸也收到了被称为"红纸"的征兵令，可见战况已经相当严峻。

后来听妈妈说，作曲家山田耕筰曾为爸爸四处奔走，并说："黑柳对日本音乐界来说非常重要，一定要让他上战场吗？"爸爸结婚前曾在山田先生创立的日本交响乐协会的乐团中演奏，受到诸多关照。不过仔细想来，乐团成员接连入伍，又无法演奏来自敌对国家的音乐，古典音乐会想开也开不了。

有人委托爸爸演奏军歌，可是音乐家的尊严让他严词拒绝了。据说只要演奏，就能得到大米、砂糖和羊羹，但是无论食物多么匮乏，全家人肚子多么饿，爸爸都毫不动摇，坚决不演奏军歌。妈妈也始终保持"哎呀，那就别去了"的态度，从没说过"为了家人就忍忍吧"之类的话，这正是妈妈了不起的地方。

送别爸爸的仪式是在家门口举行的。穿着白色烹饪罩衣、挂着绶带的阿姨们来了，穿着国民服的叔叔们也来了，将小旗发给聚集起来的人群。爸爸站在正中间，一身军服看上去和他完全不相称，听着众人三呼"万岁"，他十分惶恐地一次又一次鞠躬。

这是小豆豆第一次见到没有拿小提琴的爸爸被人群包围。局势似乎已经非常严峻，可是没人知道实情，被送行的爸爸也好，前来送行的人们也好，都没有什么悲壮感，这也许算是万幸了。

不到一个星期，家里就接到连队的通知："马上就要出发了，请你们来见一面。"

妈妈说着"能见到爸爸了"，不知从哪里弄到了红豆。因为爸爸入伍，家里收到了配发的大米。妈妈将米煮熟，用仅有的一点儿砂糖做了萩饼。萩饼不怎么甜，但在那个年代也已经足够珍贵，是到处都找不到的美味了。然后，妈妈带着小豆豆、二弟纪明和刚出生的真理来到照相馆，拍下了母子四人的合影，只为将照片交给即将出发的爸爸。这是小豆豆出生后第一次在照相馆拍照。

妈妈将头发编成麻花辫盘在头上，穿着像背带裙一样的茶色束脚阔腿裤，把真理抱在膝头。四岁的纪明一脸纯真，穿着毛线织的五分裤，紧紧贴在妈妈身边，一手牵着年幼的妹妹。小豆豆左右分开的柔软头发上别着发卡，白色衬衫搭配黑色裤子。为了看起来时尚些，小豆豆一家已经竭尽全力打扮了。只是难得在照相馆拍照，却没有人露出笑容。

见面当天，一家人带着萩饼和照片来到兵营时，已有很多家属挤在那里。不过小豆豆立刻找到了爸爸。

"父亲！"

"豆豆助！"

看着爸爸跑过来，小豆豆不由得瞪大了眼睛。爸爸竟然剃了光头，卡其色的军服皱皱巴巴，还打着绑腿、穿着分趾鞋。每次出门，爸爸总是西装笔挺，上了舞台则是燕尾服搭配锃亮的漆皮鞋，别提多合身了。眼前的爸爸与小豆豆他们熟悉的相差太远，妈妈不禁湿了眼眶。小豆豆已经不记得了，但是据妈妈说，那时爸爸腰间还挂着用来当水壶的啤酒瓶。

"这是我的战友。"

一向十分腼腆的爸爸露出了毫无顾虑的笑容，向家人介绍起身旁的人。听说这位叔叔入伍前是开鱼店的。爸爸不擅长社交，什么事都依赖妈妈，现在却这样介绍鱼店老板。惊讶归惊讶，发现爸爸的适应力比看上去更强，小豆豆他们很是欣慰。

小豆豆唯一的心愿就是希望爸爸不要寂寞。爸爸在家人面前总是滔滔不绝，却不和其他人说话。看到爸爸交了朋友，小豆豆松了一口气。那不是通过工作相识的音乐家，而是在日常交流中结交到的意气相投的朋友。于是小豆豆对鱼店老板说：

"我父亲，就拜托您了！"

语气就像大人一样。

鱼店老板也笑着回答：

"哪里哪里，一直受到照顾的是我。"

老板比爸爸还年轻。

不一会儿，鱼店老板去和亲人见面，爸爸、妈妈、小豆豆和弟弟妹妹来到一旁的空地坐下。妈妈把刚洗好的合照交给爸爸，爸爸立刻对小豆豆他们喃喃道：

"妈妈真漂亮啊。"

"爸爸""妈妈"是敌国的语言①，在别人面前一定要说"父亲""母亲"。小豆豆心头一紧，可是周围并没有人听他们说话。爸爸把照片小心翼翼地收进胸前的口袋，竖起右手拇指。爸爸总是比画这个手势，就像如今视频网站上的点赞按钮一样。现在人们已经习以为常，可是在那个年代，很少人会竖起拇指表示"很好"。爸爸经常和外国的音乐家们一起工作，不知不觉就养成了习惯。

没有外人打扰，小豆豆一家畅所欲言。爸爸嚼着萩饼满足地说："好久没吃过好吃的了。"他比小豆豆他们想象中的有精神多了。

时间转瞬即逝，爸爸把家人一直送到门口。下次来是不是还能见到爸爸呢？看到爸爸冲他们挥手、准备返回兵营，小豆豆大喊：

"再见三角！再来四角！"

这是小豆豆他们之间流行的告别用语。爸爸微微一笑，高高举起双手，挥动的幅度比之前更大了。小豆豆他

---

① 此处"爸爸""妈妈"的原文为"パパ""ママ"，源自英文里的"papa""mama"。

们也用力挥起手来。

告别爸爸，正准备离开，一个制服上一丝褶皱也没有的高级军官走了过来，在妈妈耳边小声说：

"一个星期后的晚上八点，您丈夫所在的部队会从品川站乘坐夜行列车出发。"

妈妈惊讶地问道："真的吗？"

"不过出发的站台是进不去的，只能站在远处的站台上送行。"

军官说到这里便若无其事地离开了。

妈妈让小豆豆他们在原地等待，再次进门找爸爸。两人约定，家里人会去品川站为爸爸送行。为了能让大家远远地从队伍中辨认出自己，爸爸到时候会挥动配发的扇子作为信号。

小豆豆并不知道那个人为什么会告诉他们这样的秘密。是因为小豆豆一家看起来很伤心吗？还是因为妈妈太漂亮了？总之，那个人的话是真的。

爸爸出发了

爸爸出发的那天晚上，妈妈把年幼的真理和纪明交给邻居照看后，带着小豆豆来到品川站。灯火管制下，夜晚的车站伸手不见五指。

与小豆豆她们一样的家庭大约有二十组。"请在这里送行。"大家按照要求站在山手线的站台上，远眺爸爸他们所在的站台。朦胧的微光中，可以看到他们正在列队上车。可是距离太远，光线太暗，一张脸都看不清。

爸爸肯定在挥动扇子。"父亲——"小豆豆竭尽全力大声喊着，朝着远处隐约可见的队伍挥手。其他家庭也都一样。

突然，在列车上落座的士兵们齐刷刷地展开扇子，开始朝这边挥动。把人人都有的扇子当作信号，是爸爸和妈妈失算了。

这或许就是永别。小豆豆无论如何都想知道哪个是爸爸，无论如何都想让她们的身影刻进爸爸眼中。

小豆豆和妈妈拼命寻找爸爸。是不是那个人？她们一挥手，那个人似乎也开始挥手。难道是这个人？再挥手试试，对方也朝她们挥起手来。其他人也一边念叨着"那是父亲吧"一边不停地寻找。最后，小豆豆和妈妈发现只有一个人挥动扇子的节奏十分独特，于是认定那肯定是爸爸。小豆豆她们一挥手，只有那把扇子大幅度地挥动。

不一会儿，列车慢慢启动。小豆豆和妈妈拼命挥手，挤开人群一路跑到站台的最前端，向爸爸告别。列车消失在夜晚的黑暗中。

"那个人绝对是父亲。"

小豆豆和妈妈走在比站台更昏暗的地下通道中。耳边传来咚咚的声响，应该是附近有别的队伍在前行。

正要给他们让路时，小豆豆掉进了通道边缘挖开的水沟里。一片漆黑中，水一下子没到膝盖，队伍从小豆豆身边咚咚走过。

"母亲！"

小豆豆哭喊道。这时，咚咚作响的队伍中突然传来呼唤声：

"彻子！"

小豆豆惊讶地仰起脸，爸爸竟然就站在面前。爸爸所在的队伍正往站台前行。

这真的不是在做梦吗？小豆豆情不自禁地抓住爸爸的手。不用怀疑，那就是豆豆最喜欢的爸爸的大手，骨节粗壮，手指修长。

"母亲，父亲在这里！"

小豆豆高声呼唤妈妈。

慌忙跑来的妈妈看到爸爸，又惊又喜。但是三言两语之后，爸爸便匆忙归队，继续向前走去。为了给爸爸送行，小豆豆她们再次来到山手线的站台上。

站台依旧昏暗得看不清面孔，不过妈妈说：

"没关系，为了和别人区分开，我让爸爸像挥动指挥棒那样挥舞扇子。我们已经说好了。"

正如妈妈所说，齐刷刷挥动扇子的士兵中，只有一个人看起来像在挥动指挥棒。小豆豆和妈妈使劲朝那个人挥手，真真正正和爸爸告了别。

如果小豆豆没有掉进水沟里，没有大声呼喊"母亲"——不，就算她掉进了水沟，但只要和爸爸经过的时间差了哪怕几秒，母女俩就会带着认错人的结果回家了。爸爸也将朝着小豆豆她们早就离开的站台拼命挥动扇子，带着家人就在那里的信念出发。

平时，小豆豆总会故意选择有坑洞或者正在施工的危险地段走，大人也总是为此提醒她。但是只有那个晚上，小豆豆好想表扬这样的自己。能在品川站和爸爸重逢，只能说是上天的安排。

那时爸爸没有像往常一样喊"豆豆助"，而是喊了"彻子"，或许是怕小豆豆在大庭广众之下难堪吧。后来，爸爸只寄回过一次信。"大家都好吗？父亲我正在为国家工作。请大家保重身体，多多努力。"周全稳妥的话语写在印有红色"军事邮件"字样的明信片上。所有信件都要经过审查，说这些话大概也是爸爸的无奈之举。

从那以后，爸爸就音讯全无了。

东京大轰炸

爸爸和妈妈亲手在庭院的温室正中央挖了个洞，空间并不大，是用来当防空洞的。防空警报一响，全家人就钻进洞里屏住呼吸。爸爸走后，东京遭受的空袭突然猛烈起来，几乎每天都有地方遭到 B-29 的轰炸。

那天晚上也是如此。警报响起，小豆豆他们立刻像往常一样钻进防空洞避难。时间很晚了，大概已经过了夜里十二点。每晚躲进防空洞成了常态，因为持续睡眠不足，大家脑子里只想着警报解除的信号能不能早点儿响起。

但是，那天晚上好像有些不同。

外面格外明亮。从防空洞的缝隙抬头仰望，整个天空都被染得通红。落下的燃烧弹引发了火灾，将天空照得红通通的，这样的场景小豆豆见过很多次，可是那晚的天空红得可怕。

在异常的明亮中，小豆豆冲出防空洞回到家中，从书包里拿出一本书，试着在院子里翻开，竟然看得清清楚楚。大半夜却如此亮堂，一定是附近发生了很严重的火灾。小豆豆对防空洞里的妈妈说：

"妈妈，不好了，外面亮得能看书呢。一定是大冈山那边着火了。"

妈妈闻言来到外面，盯着天空红通通的一角看了片刻，神情笃定地说："没关系。夜里的火灾看起来近，其实都在很远的地方呢。没关系的。"

妈妈为什么知道这一点，小豆豆也不明白，但是听了她的话，总算稍微安下心来。

小豆豆在寒冷和饥饿中熬过了那晚。到了第二天早上，大家都精疲力竭，这时管理街区的人来了。

"每家出一个男人，拿着铁锹来集合。"

"我丈夫入伍了，家里没有成年男性。"

"那能把铁锹借给我们吗？"

"可以是可以，只是，出什么事了？"

"昨天空袭，下町那边全都烧了，死了不少人，大家现在要去安置遗体。"

一九四五年三月十日，噩梦般的一夜过去，近三百架B-29 轰炸机在以深川和本所为中心的一带降下了燃烧弹的大雨，一晚上死了近十万人。

这就是东京大轰炸。

前一天晚上天空变得通红，原来是这个原因。

直到现在，那片火红的天空仍然烙印在小豆豆脑中。从小豆豆家所在的北千束到下町，即便今天坐电车也要一个小时。那么远的火灾，竟然将院子照得明亮到能读书，那空袭该有多么惨烈。

战后人们才知道，在美国看来，要想攻击用木头和纸建成的日本住宅，比起爆破力强的炸弹，还是能点燃烧尽房屋的燃烧弹更合适。在下落的过程中分解燃烧，B-29轰炸机投下的燃烧弹就是这样设计的。

妈妈最终做出了判断：继续待在东京非常危险。

"这里太危险了，我们要尽快离开。到给我们寄苹果和蔬菜的沼畑叔叔那里去吧。"

小豆豆一家开始为避难做准备。

首先必须整理行李，毕竟能带走的东西十分有限。小豆豆有两件宝贝。一件是爸爸某次演奏旅行时带回来的大大的玩偶熊，小豆豆管它叫"小熊"。

还有一件是在小豆豆更小的时候，从美国归来的伯父送给她的黑白玩偶熊。每次空袭警报响起，小豆豆都会把它塞进背包带到防空洞，因此即使去避难，小豆豆也无论如何都想带上它。"太占地方了，还是放弃吧。"听了妈妈的话，小豆豆决定把小熊留下，带上黑白熊。

妈妈打算带走那些充满回忆的物件，有全家人的照片，也有爸爸音乐会的照片和海报。收拾好行李后，妈妈开始咔嚓咔嚓地剪裁客厅沙发上那些油画图案的手织布。洛可可风格的布料优雅迷人，妈妈却用来包行李，把它们当成包袱皮用。手工织的包袱皮裹上了重要的东西，变得圆鼓鼓的，简直就像圣诞老人的口袋。

　　"等着我呀，我很快就会回来的。"

　　小豆豆让小熊坐在爸爸常坐的椅子上，离开了北千束的家。

小豆豆，避难

孤身一人的夜行列车

咔嗒咣当——咔嗒咣当——

黑夜中，开往青森的火车摇摇晃晃，车窗外什么都看不见。小豆豆坐在双人座位的正中间，可两侧既不是妈妈，也不是纪明或真理，而是陌生的大叔大婶。孤身一人的小豆豆右手攥着妈妈交给她的车票和纸片，纸上写着"上野、福岛、仙台、盛冈、尻内"。

这是战争结束那年的三月中旬。

那天早上，小豆豆和妈妈、纪明还有未满周岁的真理一起来到上野站。车站里挤满了人，抱着一包又一包行李的大人们咚咚咚地踏出地动山摇般的声响，争先恐后地涌向检票口。妈妈背着双肩包，用背带将真理绑在胸前，左手牵着纪明，右手拎着硕大的提包。小豆豆正想拉纪明的手，却差点儿被一个不认识的大叔撞倒。"让开！"

"好危险！"

小豆豆喊出了声。

"万一走散了，你只要坐上去青森的车就好，然后一定要在尻内站下车找我们。"

妈妈说着，把写有"上野、福岛、仙台、盛冈、尻内"的纸片和车票塞到小豆豆手里，表情认真得让人害怕。尻内就是现在的八户。

从检票口走向站台十分艰难。小豆豆想跟在妈妈身后，却被左右两侧的人潮挤来挤去，回过神来已经被淹没在了一群不认识的大叔中间。各种行李撞在脸上，小豆豆觉得又痛又闷，与其说是自己在行走，不如说是被大人们的行李夹着往前搬运。小豆豆害怕极了。

离妈妈他们越来越远了，怎么办啊？一看到列车，大人们的脚步更快了。

"啊！"

小豆豆被撞飞到站台的另一侧，摔了个屁股蹲儿。坐在地上抬眼一看，人们争先恐后地拥进车厢，一件件行李正从窗户被扔进车内。

妈妈他们好像已经上车了。

怎么办……

站台上响起车站工作人员通知发车的声音。就在这时，小豆豆和车窗里的妈妈看到了彼此。

"我们在厄内站等你。"

妈妈的口型确实是在说这句话。

呜——满满当当的火车鸣笛出发了。刚才还人山人海的站台一下子变得空荡荡。

"请问下一趟去青森的车几点出发？"

小豆豆询问正忙前忙后的工作人员。

"今天没有临时列车了，下一班是晚上八点。小姑娘，你要一个人去青森？"

"对，我没坐上刚才那趟车。我和家人约好了，在厄内站会合。"

工作人员的语气中立刻充满了"这可真糟糕"的同情。

"等到了能上站台的时间，我就告诉你，你在那边等吧。"

东北本线的站台看起来就像在做活塞运动。上行列车进站后，乘客们一下车，列车便搭载下一批乘客再次出发。小豆豆在站台的角落里等待前往青森的车，"开往宇都宫"或"开往白河"的列车不断出发，站台一会儿人声鼎沸，一会儿又空空荡荡。

小豆豆望着来来往往的人群，不知不觉便到了晚上。

"差不多可以去那边排队了，注意安全哦。"

之前的工作人员过来提醒小豆豆，于是小豆豆按照他说的排到了站台上乘车口的前列。不一会儿，随着咚咚作响的脚步声，人潮涌了过来。"啊，又来了！"小豆豆不禁身体僵硬。身边传来一个女人的声音："快站好，别被推倒了。"抬头一看，一位大婶正在冲她微笑，红红的脸颊就像苹果。

车门一开，小豆豆"咿呀"一声跳进车厢。身后的人潮随即涌入，一直把小豆豆推到过道深处。眼看就要被挤倒，刚才那位苹果脸颊的大婶一把抓住小豆豆的手，让她坐到了双人座位的中央。"小姑娘你这么瘦，这里应该坐得下。"

小豆豆的身体被大婶用胳膊环着，正好就在座位的正中间。

扫视四周，座席两两相对的四人包厢都坐了六个大人，中间的地上也坐着两三个人，连过道都被塞得满满当当。小豆豆幸运地占到了位子，但几秒内所有座位和地面都被填满了。

呜——

蒸汽机车拉响汽笛，传来呲呲的机器摩擦声，从上野开往青森的慢车在一片漆黑中向北驶去。

列车预计第二天午后到达尻内。能不能顺利见到妈妈他们呢？列车承载着小豆豆与许多人对未来的不安，沉重而缓慢地加快了速度。

好想尿尿

大家都一声不吭。

为了避免遭受空袭，车厢里也和家中一样实行灯火管制。刚刚进入春天，寒意还没消散，肚子里也空空的。难得有座位，小豆豆原本打算睡一觉。可是三等座的木头长椅硬邦邦的，车辆的震动从脚下传来，屁股很快便硌得生疼。

小豆豆很紧张。她想方设法用力闭眼，却怎么也睡不着，只好打开背包，摸了摸最喜欢的黑白玩偶熊。那是小豆豆的行李中最柔软的东西，只是摸了摸，她便很快平静下来。

列车一进站，就会有行李嗖的一下从窗户被扔进来，跟在后面的是边说"抱歉"边往上爬的人。列车每隔十分钟便会停靠，小豆豆每次都警惕地摆好架势，迎接可能会从窗户进来的人。

循环往复中，从某一站开始，也有了说着"不好意思"从窗户下车的人。坐在车厢地上的乘客或是伸手去拉上车的人，或是把行李递给下车的人。刚从上野站出发时，车厢里的气氛简直剑拔弩张，可是一占好位置，大家便不可思议地团结起来。

　　小豆豆想尿尿。前往仙台和福岛寻找避难地时，小豆豆也坐过东北本线，知道车厢尽头有厕所。可是现在在车厢里这么挤，能顺利走过去吗？

　　见小豆豆扭来扭去，坐在窗边的大婶问她："你怎么了？"刚才就是她让小豆豆坐在自己身旁。

　　"我想尿尿。"

　　大婶那原本就像青森红苹果的脸颊瞬间更红了。

　　"等到了下一站，我教你怎么办。能再忍一会儿吗？"

　　"能。"

　　"等车停下来，从窗户尿就行。我会拽着你的手，不要紧。"

　　啊，从窗户尿尿？这么难为情的事能做吗？

　　小豆豆怎样都没法从窗户尿尿，于是站起身，准备去厕所。

　　"不好意思，请让一下。"

　　小豆豆挤过坐在过道上的人群，朝厕所走去。车厢里的灯光实在有限，只能隐约看到脚边。小豆豆想，要是能把天花板卸下来就好了，月光照着都比这亮不知多少倍呢。

乘客们人都很好。

"看，那边空着呢。"

"小姑娘要去那边哦。"

大家纷纷给小豆豆指路。

为小豆豆让道的大叔问："就你一个人？"小豆豆确实是一个人，可是如果照实回答，有可能会被"攫人怪"[1]带走，就再也见不到妈妈他们了。于是小豆豆答道："不是，我哥哥在隔壁的车厢。"

小豆豆小时候最害怕的就是攫人怪。为了不被拐走，小豆豆说了谎。在小豆豆的想象里，攫人怪总是披着红色的斗篷，可是在这趟夜行列车中，没有一个人是那副潇洒的打扮。

小豆豆终于走到了厕所门口。到是到了，眼前却漆黑一片。厕所门敞开着，门口也好，里面也好，都坐满了人。"不好意思，我想上厕所，能让一下吗？"小豆豆实在开不了口，何况便池对面还坐着个男人。

不行，还是算了吧。小豆豆再次喃喃着"不好意思，

---

[1] 日本传说中在傍晚出现并诱拐儿童的妖怪，20 世纪 30 年代曾有大量传闻，认为其身穿红色斗篷。

不好意思"，一路回到座位。

"上厕所了吗？"大婶问。

"全都是人，没上成。"

听到小豆豆的回答，大婶眯眼一笑："我就说吧。"

几分钟后，列车在某个车站停了下来。

大婶突然站起身，猛地推开车窗，然后拉下束脚阔腿裤，将光溜溜的屁股伸出窗外。

"看，这样就行。"

哗——

漆黑的夜幕中传来激流飞溅的声音。昏暗的车厢里，大婶白晃晃的双腿隐隐约约闪着光，雪白的膝头就在小豆豆脸旁。小豆豆还没回过神，大婶转眼已将裤子提回腰间，真是太迅速了。

"这么黑，没人看得见。"

大婶说着将小豆豆的脑袋推到窗外。小豆豆左瞧瞧右瞧瞧，看见了好几个又圆又白的东西。

"停车时间很短，小姑娘你就在下一站解决吧。"

什么不像样啊，难为情啊，现在可不是说这些话的时候。谁都不会在意小豆豆从车窗尿尿，更不会加以指责。如果她憋得太久尿了裤子，反而会给大家带来大麻烦。

到了下一站，大婶默默地打开车窗，让小豆豆换到临窗的位置。当小豆豆拉下裤子将屁股伸出窗外时，大婶抓住她的左手，以防她掉到外面。小豆豆用空着的右手紧紧握住窗框。

凉飕飕的风掠过小豆豆的屁股。

哗——

喷出的水流溅到车体上发出声响。除了拉着小豆豆的大婶，没有人往这边看。

这是小豆豆第一次在厕所之外的地方方便，不过她既不害羞，也没有什么其他感觉。

从车窗尿尿！

明天一定要讲给妈妈听！

妈妈他们明早应该就抵达屄内了。不知他们现在到哪里了呢？

纪明乖乖听话了吧？真理没有哭闹吧？

想着想着，小豆豆滑入了梦乡。

"母亲！"

小豆豆做了个有点儿可怕的梦。

苹果脸颊的大婶听到小豆豆在梦中呻吟，便拍拍肩膀叫醒了她。车窗外，朝阳美丽极了。

大婶在盛冈站下了车。除了尿尿的时候，她几乎没和小豆豆说过话。乘坐这趟车的人各有难处，连小孩子都明白。所以尽管心里有好多疑问，小豆豆也没怎么开口。

下车时，大婶从行李中拿出一团皱巴巴的报纸塞给了小豆豆，里面包着煮好的土豆。火车一发动，小豆豆就开始一个劲儿地闻土豆的香气。只是从边边咬上一口，又香又软的东西便迫不及待地滑入喉咙，小豆豆立刻入迷地吃了起来。

吃完土豆，小豆豆注意到面前大叔的视线。不知怎的，她突然害羞起来，说了声"不好意思"。窗外，积雪刚刚融化的茶色农田绵延开来，远处是仍然残留着白雪的森林和山峦。不论是森林还是山峦，颜色都比东京的要深得多。

列车在诹访平站停了下来。与之前停靠的车站相比，这里实在是个小站。几年前回妈妈老家时认识的沼畑叔叔好像就是在这站下车的。明明是去沼畑叔叔那里，为什么不在诹访平下车，而要坐到尻内呢？小豆豆正想着，列车再次"呜——"的一声鸣笛出发了。

过了大约半个钟头，火车驶入了一个大站，连换乘的站台都配置齐全。

听到站台上传来"尻内——尻内——"的声音，能与妈妈他们重逢的喜悦让小豆豆一路跑下了车。

拂过脸颊的风冷飕飕的。小豆豆深深地吸了口气，一种从没闻过的气味钻入鼻腔，凉凉的，有种蓝天般的澄澈。

按照指示牌上的箭头前行，穿过两条铁轨，远处突然传来熟悉的呼喊声："彻子——"

妈妈他们就在检票口外面！小豆豆把小心保管在口袋里的车票交给工作人员，飞快地冲向妈妈。

"母亲！"

身后背着真理、左手牵着纪明的妈妈张开右臂，搂住了小豆豆。自从在上野站分别，已经过去了整整一天。

"我们上午就到了，所以去市场买了吃的。"

妈妈说着，拿出用竹皮包裹的小麦和玄米饭团。

"啊——"

虽然不是白米饭，可是小豆豆已经很久没看见真正用米做的饭团了，不由得喊出了声。

"我们坐在那边的长椅上吃吧。车站的厕所里有水管，去洗洗手，再喝点儿水。你带纪明一起去。"

一家人热热闹闹地吃掉了大大的梅干饭团。小豆豆给妈妈讲了一路上发生的事，什么车厢里人挤人啊，大家从车窗上下车啊，上不了厕所于是大婶教她把屁股伸出窗外尿尿啊。她透过车窗看到了好几个白白的屁股，也看到了美丽的朝霞，还吃了大婶送她的土豆。

听到这里，纪明说："真好啊，有土豆吃。"

"纪明，你刚才也看到了吧？这里和东京不一样，又安全，又有好多食物。等我们找到住的地方，妈妈就会努力工作，让每个人都吃得饱饱的。现在只要再忍一忍就好了。"

妈妈安慰纪明。

将近二十四小时不眠不休地坐车，大家都累坏了。

"今天先在旅馆休息一下，明天再去沼畑叔叔那里吧。"

在小豆豆到达之前，妈妈已经找好了旅馆。

小豆豆一路上都战战兢兢的，但是此刻妈妈就在身边，纪明和真理笑嘻嘻的，空袭警报也消失了。在这里就算不叫"母亲"而是叫"妈妈"，大概也不会被人指责"使用敌国的语言"吧。小豆豆觉得，东京已没有了的普通生活或许正在等待着她。

基督的传说

"去沼畑叔叔家之前，我还有个地方想去。"

早上起床后，妈妈说了这样一句话。

乘坐大约两小时公共汽车抵达的户来，据传是耶稣的安葬地。这么说来，在东京时，妈妈就一直说基督的墓就在沼畑叔叔家附近。传说在各各他山被钉死的是基督的弟弟，真正的基督偷偷来到日本，最后在户来去世，终年一〇六岁。妈妈似乎也不太相信这个说法，不过她说，这冥冥之中或许也是一种指引。

妈妈是基督徒，很想亲眼看一看传说中的地方。难得来到附近，便打算顺道拜访。不愧是妈妈啊！这样一来，没去诹访平而是来到尻内的谜题就解开了。但是，小豆豆觉得有些不可思议，基督竟然来到了说东北方言的地方。[①]

---

① 青森县地处日本的东北地区，有非常独特的方言。

从尻内到户来需要坐公共汽车。驾驶席前方的车头像河马的脑袋一样突出，载着小豆豆他们和当地人缓缓开动。车里坐得满满的，大家都抱着大件行李，好奇地盯着小豆豆他们。

下车的人一边说着"掉车、掉车"，一边从里面的座位往外挤。小豆豆最开始以为什么东西掉了，后来才明白意思是"下车"。女售票员说了句"掉完了再上"，小豆豆吓了一跳，然后便回过味儿来，听懂了那是"先下后上"的意思。

公共汽车在山里越开越深，水田和旱田依旧连绵不绝。这么深的山里竟然还有农家啊，小豆豆正惊讶，视线里出现了一匹用缰绳牵着的马。马儿啪嗒啪嗒地踱着步，背两侧垂着蔬菜之类的东西。

"啊，是马！"

除了狗和狐狸，小豆豆最喜欢的动物就是马了。她和在北海道当医生的外公一起坐过马车，但这是她第一次看到驮东西的马。

小豆豆把脑袋探出车窗，想目送马儿离开，却看到大大的团子一样的东西从马屁股里掉了出来。"真恶心！"小豆豆不由得大喊。坐在小豆豆后面的男人说："怎么啦，看到马屁屁羞了吗？"他放声大笑起来。小豆豆又转头望向窗外，马儿走过的地方排着一溜儿马粪，就像用土黏合起来的稻草球一样。

不过话说回来，过去的人为什么会在这样的深山里安家呢？公共汽车沿着山路开上开下，每次有人下车，小豆豆都会这么想。乘客中也有弯腰驼背的老爷爷和老奶奶。大家都穿着束脚阔腿裤，有人脖子上搭着手巾，也有人把手巾蒙在头上。每个人的手指都粗粗的，茶色的皮肤皱皱巴巴，是地道的劳动者的手。

小豆豆他们在距离基督墓最近的一站下了车。因为不知道接下来怎么走，妈妈去向车站旁边的农家打听。

"打扰了。我们想去基督墓看一看，能告诉我们怎么走吗？"

妈妈站在铺着三合土的玄关处高声询问，一个皮肤黝黑的大叔从屋里慢吞吞地走了出来。

"你带着孩子，真是辛苦了。基督墓就在那儿，我带你们去呗。"

或许是因为之前也有这样问路的人，大叔似乎已经习惯了。看到妈妈和小豆豆都抱着大大的行李，他亲切地让她们把行李先存在家里。

妈妈放下背包，背起真理，牵着小豆豆和纪明一起爬上坡道。大叔一路上说个不停，从战争前就有全国各地的人来拜访说起，聊到户来的风俗习惯自古就与基督教有共通之处。

"看咧，这里。"

朝大叔手指的方向望去，弯弯曲曲的坡道尽头有一座微微隆起的小山包。

"上面有两个土坟咧，右边是基督的墓，左边是基督弟弟的墓咧。"

大叔这么介绍道。

妈妈慢慢地爬上石阶，两座土坟前供奉着野花。妈妈盯着右侧的土坟，双手在胸前握紧，闭上眼睛低喃了一句"阿门"。阳光照在她的背上，梳在脑后的头发看起来闪闪发光。小山包的另一侧传来山崖下方河水流过的声响，还隐约可以听见鸟鸣声。

真是宁静的时光。这里是不是真正的基督墓，已经不重要了。战争开始，明儿死了，爸爸被军队征走，一家人离开了充满回忆的北千束的家。无论遇到多么艰难的事，妈妈都无法祈祷、无法抱怨，也无法流泪。在基督墓前，妈妈终于露出了格外安详的表情。

战争总会结束，全家人生活在一起的和平日子一定会再次到来。

注视着默默祈祷的妈妈，不知为何，小豆豆心中突然涌起一股力量。

不过，基督真的来到日本了吗？小豆豆从小就一直去教会开办的主日学校，却从来没有听过这个故事。但是小豆豆并没有把这些告诉妈妈。

沿着通往公共汽车站的坡道向下走，小豆豆发现车站旁站着一个人，看起来像是大叔的妻子。她一个劲儿地招手，脚边放着小豆豆他们的行李，看来是估计好了他们回来的时间，帮忙把行李搬到了车站。

"真的太感谢了。"

妈妈郑重地鞠躬致谢。刚来到陌生的土地，就能遇到这样的人，小豆豆也觉得是个好兆头。他们向和善的两人谢了又谢，坐上了回程的公共汽车。

顺便一提，基督兄弟的墓如今仍在户来，最近好像还成了热门的景点。

苹果小屋大改造

随着公共汽车离尻内越来越近，妈妈莫名地坐立不安起来，时而照照镜子，时而梳梳头，没一会儿又擤擤鼻子，重新拿起沼畑叔叔的信来读。小豆豆突然明白了，妈妈虽然嘴上说着"终于要去诹访平了哦"，却十分担心沼畑叔叔无法收留他们。

毫无血缘关系的人带着孩子们突然到访，连小豆豆也很清楚这实在不合常理。但是，从上野出发以来的这三天，小豆豆他们受到了许多人的帮助。如果只靠自己，他们是绝对无法来到这里的，也没法在基督的墓前祈祷。要是沼畑叔叔也能接纳小豆豆一家就好了……小豆豆只能如此许愿。

在尻内站前下了公共汽车，一查东北本线的时刻表，看来天黑之前应该就能到沼畑叔叔家。"我们已经决定好要拜托沼畑叔叔了。"妈妈仿佛在给自己打气。

从尻内坐了三站，小豆豆他们就到达了诹访平。车站工作人员看了看沼畑叔叔的住址，指明了大致的方向，说需要步行三十分钟。走着走着，一栋看起来像是菜市场的建筑映入眼帘。建筑前方有个水沟似的坑，里头掉了一个红通通的苹果。

"啊，苹果！"

小豆豆满心欢喜，不由自主地抬高了声音。

看到小豆豆急急忙忙捡起苹果，妈妈说：

"能掉在人这么多的地方，不就说明沼畑叔叔那里肯定还有更多好苹果吗？"

"要是有好的，我到时候再扔掉这个！"

小豆豆嘴上这么反驳，可是仔细一看，苹果确实已经有腐烂变黑的地方。不过，小豆豆依旧紧紧握着苹果，走在母子四人的最前方。他们小心翼翼地沿着车站工作人员指的路前行，生怕走错了方向。天色渐渐暗了下来，只能借着从一栋栋房屋里透出的光看清脚下的路。没有空袭可真好啊，小豆豆一个劲儿地想。又走了一会儿，他们终于看到了一座典型的农家大房子，正是沼畑叔叔的家。

"请问有人吗？"

看到出来的人像是沼畑叔叔的妻子，妈妈说道："我

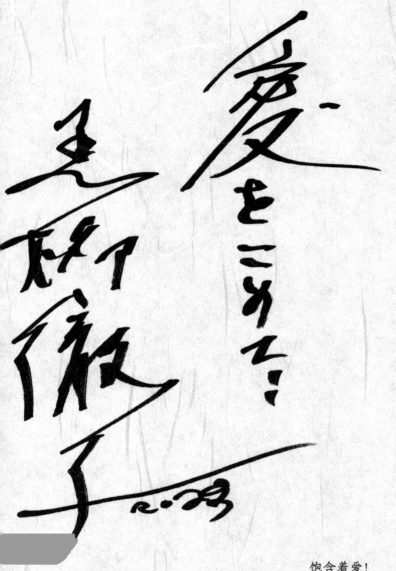

饱含着爱！
《续窗边的小豆豆》中文版首发纪念

是从东京来的黑柳，你们曾经给我们寄过苹果和蔬菜。"随后便说明了情况。沼畑叔叔很快出现在门口，将小豆豆他们请进家中。"一会儿再细聊呗。"小豆豆松了口气，把捡到的苹果放在了玄关外面。

母子四人明明是突然登门，摆到他们面前的却是丰盛的晚餐，有米饭、汤、鱼干、腌菜和水果。太久没吃白米饭了，小豆豆一边细细品尝，一边心想妈妈的担心看来是多余的。从未见过白米饭的真理问妈妈："这是什么呀？"

"储藏室也行，什么都行，有没有能让我们四个人住下的地方呢？"

妈妈详细说明了情况，不停地拜托对方。那天，一家四口睡在了沼畑叔叔家。

第二天，妈妈从一大早就开始忙活。由于找不到住处就不能上学，妈妈和沼畑叔叔一起访遍村子里的各家各户，到处打听有没有能借住的房子。

最终，一户种苹果的农家借出了一间用来干活儿的小屋。小屋位于苹果园的正中央，农家平时在这里将苹果打包装箱，也会监视有没有小偷出没。屋子有八叠^①大小，

_____

① 日本计量单位，1 叠约为 1.62 平方米。

屋顶铺着稻草，木板围成的四壁尽是缝隙，唯一的照明设备是一盏油灯。但是妈妈似乎非常高兴："窗户和天花板都有阳光照进来，可真好啊！"小豆豆切实感受到了什么叫"心态决定成败"。

"大家分了被褥和厨具给我们，而且旁边就有一条大河，饮用水只要到隔壁的木材加工厂去取就好，足够生活了呢。"

妈妈干劲满满，开始发挥魔法师般的天赋，着手改造苹果小屋。她把苹果箱子倒着放，铺上棉花和稻草，再盖上用来包裹行李的手织布，用钉子钉牢，多余的布料像荷叶边一样垂在四周。这么一来，箱子就变成了洛可可风格的华丽椅子。

妈妈拿着画笔，把邻居送的床单涂成了浅绿色，再画上许多苹果，往墙上一挂，便成了漂亮的挂毯。高出地面一米的地方则成了孩子们的床。乱糟糟的苹果小屋华丽转身，生出了和北千束的家中一样的氛围。

改造好小屋，接下来就是家庭菜园。妈妈似乎等不及了，雪还没有融化便宣布："我们种菜吧！"真理在妈妈的背上总是笑眯眯的，小豆豆和纪明也帮着整理小屋四周的土地。妈妈找来了蔬菜种子和幼苗，又撒又种。正值春天，干农活儿就像在巴学园上课一样快乐。

开出来的花会是什么样的呢？种出来的蔬菜又会是什

么样的呢？巴学园的大家都还好吗？

"大家一起干吧！"

小豆豆一边翻动泥土，一边抬起了头。天空的那一端，仿佛传来了巴学园的小林校长的声音。

妈妈大奋斗！

不知不觉间，妈妈开始在类似农业协会的地方工作了。从苹果小屋的窗户看到有人背着蔬菜走进那栋建筑，妈妈便决定去那里工作。

"除了薪水，那些坏了的苹果啊土豆啊反正没人要，也许能拿回家呢。"

这是妈妈人生中的第一份工作。她真有种一往无前的精神，面试时有人问她会不会用算盘，她说会，于是顺利被雇用。其实妈妈从音乐学校肄业后就结婚了，根本没有学过算盘。

幸好算盘由会计来操作，妈妈抚着胸口长舒了一口气。但是，在农业协会打杂拿到的薪水不足以糊口，妈妈于是又干起了副业，在夜里帮邻居们缝衣服。因为没有缝纫机，所有东西她都自己用手缝。不过，妈妈参照时装书做出来的洋装格外漂亮，小豆豆也赞叹不已。

刚刚开始避难生活时，一身的脓包让小豆豆十分烦恼。也许是因为只能吃到海藻面，小豆豆营养不良，脓包长得到处都是。

瘭疽也让她难受得不行。瘭疽是一种细菌入侵手指和脚趾导致化脓的疾病，原因同样是营养不良。这种病如今已经十分鲜见，不过一旦患上，可是会让人痛得跳起来的。满身的脓包和瘭疽刺痛不已，小豆豆却只能咬牙坚持。战争还在继续，去医院也不可能拿到药。在忍耐中度日的不止小豆豆，每个人都一样。

看到这样的小豆豆，妈妈觉得必须给她补充蛋白质。母女俩把在诹访平收获的水果和蔬菜塞满两个大筐，变成了挑夫，乘坐火车前往八户港。一到港口，妈妈便请求渔船的船员们和她交换物品。"不好意思，我们是从东京来的，能用蔬菜换你们的鱼吗？"港口的人们答应得十分爽快："行，拿去吧。"于是，水果和蔬菜换到了刚刚捕捞上来的鱼。

妈妈赶紧煮鱼给小豆豆吃。受到爱好肉食的爸爸的影响，小豆豆没怎么吃过鱼。把鱼头和鱼尾吞下肚子确实需要勇气，小豆豆提心吊胆地往嘴里一放，没想到油脂丰富，异常美味。吃了不到三天，小豆豆身上的脓包眼看着减少了，十天后全都消失了。蛋白质可真了不起啊！

即使现在回忆起来，小豆豆仍然对妈妈的环境适应能力佩服得五体投地。多亏有妈妈在，一家人和当地人相处融洽，小豆豆和纪明也融入了新环境。

一天，妈妈把小豆豆他们叫到面前。

"如果去别人家玩儿时到了晚餐时间，人家问你们吃不吃饭，你们要先说谢谢才能吃哦。"

小豆豆有些不解。住在东京的时候，妈妈曾经严格地立下规矩："无论人家怎么劝说，你们都要说回家吃晚饭。"

"妈妈不是说过，不能在别人家吃饭吗？"

听到小豆豆的话，妈妈立刻回答：

"比起咱们家，别人家的饭菜更好、营养更丰富吧？"

妈妈说得没错。在苹果小屋，妈妈做的晚餐大多是加了许多蔬菜的面疙瘩汤或蒸土豆。他们偶尔也能收到有名的南部煎饼，可以代替面疙瘩做汤，有时还能吃到鱼。与东京相比，这里简直是天堂。但是小豆豆家几乎吃不上白米饭，也从没吃过鸡蛋和鸡肉。

自从妈妈说"晚饭可以在别人家吃"，每到傍晚，纪明便欢天喜地往朋友家跑。这个五岁的弟弟天真可爱，很讨人喜欢，只要去别人家玩儿，一定会被留下来吃饭。纪明尝遍了各种美味，总是心满意足。

"你去找找纪明，肯定是在别人家里吃饭呢。"每次被妈妈派出去，小豆豆总能发现弟弟正坐在别人家的地炉旁享受晚餐。每到那时，她都会蹲在外面，等待纪明出来。

　　小豆豆的肚子也空空的，可她说不出"我也想吃"。看到纪明出来，她便对人家说声"啊，谢谢"，再把弟弟带回家。随着去别人家吃饭的机会增多，纪明的营养状态也眼看着好了起来。

"画个偶子呗。"

小豆豆开始在三户的学校上学。去学校需要从诹访平坐一站火车，一天有七班车。每天早上，小豆豆要先从苹果小屋走二十分钟去诹访平站，然后坐五分钟火车到达三户站，再走半个钟头才能到学校。车站周围没有什么建筑，离主街区有些距离。

三户的主街区位于南部藩三户城的城山脚下，小豆豆的学校也在那里。当时学生们都不怎么学习，每天都在糊纸袋、干农活儿，做些劳动服务。

第一天去学校时，小豆豆刚在课桌前坐下，便感受到了四周投来的视线。大家都好奇地远远打量着这个新生。该怎么和大家交朋友呢？小豆豆左思右想，决定打开笔记本画画。

几个女孩立刻凑上前，你一言我一语地说了起来。"画个牛子呗。""画个狗呗。"小豆豆知道"牛子"指的就是牛，她虽然不擅长画画，但是为了交朋友，还是努力画了一头。小豆豆觉得那头牛实在太瘦了，可是大家都发出了感叹："厉害——"

太好了！这样似乎就能交到朋友了。小豆豆脑中刚闪过这样的念头，便听到一个女孩说：

"画个偶子呗。"

偶子？那是什么？小豆豆从来没有听说过，可是如果问"那是什么"，恐怕就会破坏眼前难得的愉快氛围。

小豆豆想了想，将笔记本递给那个女孩，模仿三户的方言说：

"画一下你的偶子呗。"

女孩在笔记本上画了起来。小豆豆从旁边一看，是个梳着娃娃头的人偶。

原来青森人管人偶叫"偶子"啊！

策略十分成功。小豆豆画了个头上系着缎带的人偶，周围再次响起了"厉——害啊"的声音。

就这样，小豆豆融入了班级。最初听不太懂的方言也在一个星期内全部掌握了。

说出那句"画个偶子呗"的女孩和小豆豆成了特别好的朋友。她成绩优秀，长得也很可爱，小豆豆总和她待在一起。

劳动服务中要糊的纸袋，是给收获前的苹果防虫用的。"老是糊啊糊的，都腻死了。"有的孩子这样说着便溜走了，但是哪怕教室里只剩下一个人，小豆豆也不厌其烦地努力糊着纸袋。

先用指甲把散开的杂志页捋齐，然后将几张纸稍稍错开排好，再唰地涂一层薄薄的糨糊，最后一张张粘成袋子的形状。朋友们跑出教室时都一定会问小豆豆："不腻吗？"小豆豆每次都回答"不腻"，糊纸袋的手始终不停。

将堆好的肥搬到山上的旱田里也是劳动服务的一部分。小豆豆并不讨厌这些工作，反而次次都很积极。只是，挑扁担的时候，小豆豆总希望能负责前面的那一端。因为她觉得一旦摔倒，负责后端的人就很容易被桶里的堆肥浇遍全身。

还真让小豆豆猜中了。有一次，扁担的绳子在上坡时断了，后面的孩子被浇了一身，看起来实在太可怜了。小豆豆把那个孩子一路送回学校，托付给了老师。

小豆豆他们刚来避难时是三月，还只有梅花开了。但是到了四月末，一下子就变成了百花争艳的风景。

三户城遗迹被称为"城山公园"，是这一带的赏樱胜地。朋友邀请小豆豆一起去看樱花，等她们到达城山公园时，广场上已经聚集了不少人。

"本来还有很多卖甜酒和糯米团子的小摊，可是一打仗就全没了。"朋友说。

城山公园比洗足池的公园不知大上多少倍，盛开着在东京也很常见的染井吉野樱花。等染井吉野的花期一过，就轮到了深粉色的八重樱和黄色的御衣黄樱。它们的花瓣就像衣服的花边一样，小豆豆的心立刻被那可爱的模样俘虏了。

三户的人们似乎将城山公园视为护身符。哪怕是在课堂上很少详谈历史的老师，也会边看资料边做介绍，比如过去是怎么在这座山上修建城郭的啊，家臣们的宅邸都建在哪里啊，哪些设计是用来击退敌人的啊。资料上画着的城山的轮廓就像一条鼻涕虫，染井吉野樱花盛开时，它的背部仿佛笼罩了一层淡红色的云，变得软蓬蓬的。

樱花凋谢后，白色的苹果花便开始绽放。到了花瓣散去、结出小小果实的六月，就该轮到小豆豆他们制作的驱虫袋登场了。这一带樱桃种植也很常见，在农业协会工作的妈妈曾把一些外形不太规整的樱桃带回家。长得不好看，味道却没有区别，小豆豆非常愿意收到这样的礼物。

小豆豆曾经独自一人来到城山公园，想象着城郭还在时的情形，也遐想着从城楼俯瞰的景象。站在城楼上，水田和旱田一定都能看得清清楚楚吧。小豆豆回想起去基督墓的路上透过车窗看到的风景。那时她无法理解人们为什么会住在这样的深山中，但现在她明白了，这是因为大家从心底里热爱着祖先代代居住的土地。

故乡，可真好啊。

好想回东京啊。总会有回去的一天吧？

小豆豆交到了朋友，也逐渐适应了青森的生活。但是偶尔想起东京，她还是会无比怀念北千束的家。"好想回去啊。"在青森不用担心空袭，却离昔日的自由生活那么遥远。

也正是在这个时候，小豆豆得知北千束的家已经在空袭中被烧毁了。

九死一生

在谀访平的生活安定下来后，妈妈开始和东京麹町的叔父通信。在音乐学校读书时，妈妈曾寄宿在他家。叔父因为脑溢血倒下，委托妈妈在谀访平帮他们全家寻找能够避难的房子。

妈妈也想方设法帮他们安排。大约一个月后，叔父一家四口来到了谀访平。可是事情并没有到此结束。想投靠妈妈的亲戚越来越多，到了夏天，有十多个亲戚都来到了谀访平。大家都是东京人，没有可以避难的老家。

就在这个夏天，妈妈的爸爸，也就是小豆豆的外公，因为心绞痛发作而在北海道泷川的老家去世。妈妈一收到电报，就慌忙带着三个孩子赶赴北海道。

那时，往返本州与北海道可以说是名副其实的生死之旅。横渡津轻海峡、连通青森和函馆的"青函联络船"很容易成为轰炸机和潜水艇的攻击目标，而且船票也不好买。小豆豆他们在从火车换乘联络船的通道上睡了一晚，总算坐上了船。

到达函馆后，他们再次换乘火车，不知道坐了多少个小时，总算到达了泷川的家。生前开医院的外公此时已经火化，但家人们还有许多事情要处理，一转眼就过了好几天。就在那时，妈妈决定把她的母亲，也就是小豆豆的外婆带到诹访平，因为照顾母亲是她作为长女的责任。

外婆真是个不可思议的人。大正年间，她是个在仙台的教会学校上学的大小姐，家里人认为"不能把她嫁到需要自己做饭的人家"。后来她嫁给了医生，过上了富裕的生活。她一有空就会拿出《圣经》翻阅，总是从容自如。而那些她不擅长的烹饪和洗涤等家务，则全都交给护士或保姆来做。

妈妈和外婆加上三个孩子，五个人还算顺利地回到了函馆。但是函馆站也挤满了准备搭乘青函联络船的人。有人铺着报纸坐在地上说："已经等了三天了，都坐不上船。"还有人正在用炭炉煮东西吃。

小豆豆他们戴着防空头巾，始终手牵着手，无论何时都一起行动。外婆一直抱着《圣经》，嘴里嘟嘟囔囔祈祷个不停。

坐上联络船，船长不知是想到了什么，跟小豆豆搭话："要是碰到敌人在海中投放的水雷，这艘船一下子就会沉没。"小豆豆担心极了，一直在船上目不转睛地盯着海面。

船并没有碰到水雷，一路抵达青森，但是东北本线的站台依旧人山人海。火车班次大规模变动，怎么也等不来车。后来听到通知，第二天早上才可能有直达诹访平的火车。

"那就没办法了啊。大家也都累了，总之先在车站休息一晚，明早再去坐头班车吧。"

妈妈正说着，火车驶入了站台。不知为什么，小豆豆突然非常想坐这趟车。

"母亲，我们就坐这趟车吧。"

"不行。"妈妈当即回答，"这趟车只到尻内。"

"到尻内不是也行嘛。"

"可是你看人这么多，到了尻内也不一定能换下一趟车。"

要是往常，小豆豆肯定会听妈妈的话。可是这时，小豆豆只想坐上这趟车尽快离开青森。

"要是到了尻内，走也能走回去呀。"

小豆豆毫不相让，抓住车厢入口的铁把手。"上车，上车，快上车！"怎么看都是一副小孩子的任性模样。小豆豆从未有过的固执让妈妈也拿她没办法，五个人就这样登上了列车。

到达尻内时，太阳已经完全落山了。一家人不知道开往诹访平的火车什么时候会来，就这样在尻内站狭小的候车室里度过了不眠的一夜。

远处传来些微地动山摇的感觉。小豆豆他们后来才知道，就在七月二十八日这天夜晚，青森遭到了猛烈的空袭。B-29 轰炸机投下的数万枚燃烧弹落入青森的街巷，超过一千人死亡，大半街道和建筑都被焚毁。如果在青森站过夜，小豆豆他们不知会迎来怎样的命运。小豆豆想象着一家人在陌生的街道上四处奔逃的样子，不禁毛骨悚然。

九死一生的他们坐上开到尻内的返程列车，总算回到了诹访平。小豆豆总是十分信任妈妈与生俱来的直觉，为什么唯独在那时认定"必须坐上这趟火车"呢？直到现在，小豆豆仍然觉得不可思议。

菜市场的回忆

一九四五年八月十五日，诹访平车站前从一大早便挤满了人，大人们都在交头接耳。

"听说广播里要播放很惊人的消息。"

快到中午的时候，大人们开始成群结队地往诹访平站走。小豆豆也有些在意，便从菜市场所在的长屋^①向车站走去。

刺眼的阳光中，人们围在店门口的收音机旁，屏息凝神地听着天皇的声音。小豆豆站在人群的最外围，也竖起耳朵使劲听，却完全不明白收音机里在说什么。

广播结束了，大人们议论纷纷："战争结束了呗。"小豆豆拉住旁边一个大叔的衣服问："战争结束了？真的吗？"大叔露出有些暧昧的表情，点了点头。

---

① 分割成若干空间、由多户人家共同使用的长条状建筑，多为住宅或平民经营的店铺。

小豆豆觉得必须告诉妈妈，但是妈妈正在上班。小豆豆无法确定战争是否真的结束了，于是决定去问问沼畑叔叔。她跑啊跑，终于到了沼畑叔叔家，上气不接下气地问：

　　"叔叔，战争结束了吗？"

　　"嗯呐，结束咧。"

　　沼畑叔叔回答。

　　小豆豆松了口气。心中的感觉与其说是开心，不如说是安心。不会再有空袭了，爸爸肯定会回来，一家人或许也能回到东京……这些事一件件涌上心头，喜悦的心情渐渐占据了上风。

　　小豆豆蹦蹦跳跳地从沼畑叔叔家回到了苹果小屋。

　　战争虽然结束了，东京却已无家可归。

　　天降大雨，河川泛滥，苹果小屋被大水淹没了，小豆豆他们只好搬到车站前的长屋。新家一下子离诹访平站近了很多，菜市场就在旁边，上下学也方便了不少。

　　诹访平的菜市场里，有不少采买的客人都是远道而来的。很多人搭乘早上的第一班火车，其中也有从东京过来的人。一天早上，小豆豆正要去上学，发现门口站着一位矮个子大叔，好像是从东京来这里采买的。

　　"我要坐傍晚的火车回去，能帮我把这些大米煮熟吗？"

叔叔的手里握着麻袋,大米应该就在里面。小豆豆被这突如其来的请求吓了一跳,但还是立刻叫来妈妈:"这位叔叔好像需要帮助。"

放学回来,小豆豆又在诹访平站看到了那个叔叔背着大筐的身影。回到家,小豆豆问:"妈妈,你帮那位叔叔煮饭了吗?"妈妈若无其事地说:"煮了哦。"战争虽然已经结束,但是大米的供应仍然采取配给制。不少外出工作的人都把自己需要的大米装在饭盒里随身携带,到目的地后再煮熟。如果事先煮好捏成饭团,很有可能半路就因为气温太高而坏掉。为了避免浪费宝贵的大米,人们想尽了各种办法。

第二天小豆豆准备去学校时,已经有四五个大叔在长屋前排起了队。

"听说这里能煮饭,请一定帮帮我们。"

从那以后,妈妈一边在农业协会工作,一边做起了志愿者,把饭煮熟后捏成饭团,到了傍晚再用竹皮包好交给那些人。外婆和小豆豆他们一起生活,煮饭的工作其实交给她就好,可是她这辈子都没有下过厨房。小豆豆还是第一次见到连米饭都不会煮的大人。

妈妈也不教外婆,只是默默安排好时间,为从远方来采买的人们捏饭团。即使对方询问"多少钱",妈妈也答不出口。吞吞吐吐间,对方便会说"这是一点儿心意",

留下一些钱。

随着这种情况越来越常见，妈妈决定不再做只帮忙煮饭、捏饭团的志愿者，而是在米饭之外加上味噌汤和烤鱼等配菜，做起了售卖套餐的生意。

"可以煮饭。"

妈妈把写了这句话的纸贴在门上，弄来炭炉、锅、砧板、菜刀和餐具，把长屋铺着三合土的空间改成了餐馆。战争结束后，菜市场渐渐恢复了往日的热闹，却没什么吃饭的地方，妈妈的店铺一下子大受欢迎。

配菜里的鱼都是新鲜的好货，是妈妈每天早上从由八户过来的鱼贩子手上挑来的。但是她并不满足于此，还会坐火车去陆奥凑车站进货，挑选能长时间保存的鱿鱼。陆奥凑车站前有一条被称为"五十集"的街道，就像市场一样，聚集着大量鱼贩。

小豆豆也帮妈妈一起采购。在尻内换乘八户线，第四站就是陆奥凑。换乘时如果没有把握好时间，就需要花费一个多小时才能到达。一下车，就能看到各种各样的鱼贝和干货码放在道路两旁的简易台子上。车站附近能有这样一条摆满海产品的热闹街道，小豆豆喜欢得不得了。

有意思的是，在那里工作的都是人称"阿妈"的大婶。渔业是男人的世界，但是他们大半夜就出去打鱼，到了早上才能回来，已经疲惫不堪。因此在分类处理好后，就轮到女人们出来与顾客打交道了。

陆奥凑的"五十集的阿妈"都活力满满，和蔼可亲。什么鱼正当季啦，怎样烹调才好吃啦，从她们那里总能学到各种知识。"我买得多，便宜点儿吧。"看到妈妈讲价的身影，小豆豆不禁感叹妈妈比以前更了不起了。从市场上的阿妈那里获取渔业的信息，在店里打探东京的消息，妈妈的餐馆真是个一石二鸟甚至一石三鸟的新生意。

没过多久，妈妈便不再局限于开餐馆，开始发挥起商人的本领，只要是食品，从蔬菜水果到海产品，什么生意都做。由于是当日结算，钱源源不断地进入家中。听妈妈说，有天半夜她被窸窸窣窣的声音吵醒，发现外婆正在将纸币一张张抻平，再用皮筋扎成捆。

"你是基督徒，钱不是应该留给上帝吗？"

妈妈对外婆数钱这件事感到惊奇，于是这么问她。结果外婆笑眯眯地回答：

"有钱不是很好嘛。"

外婆是虔诚的基督徒，"要把财产留给上帝"是她的口头禅。就连那样的外婆都能从扎成捆的纸币中感受到"此世"的喜悦，那摞纸币该有多厚啊！

在市场的一角，曾经有一座小小的剧院。

战争结束后的第二年，春季的冰雪融水把横跨河面的桥冲成了两截，东北本线就此中断。一个四处巡演的剧团一时间无法按原定计划去往更大的城镇，不得不来到诹访平落脚。

剧团的团长名叫凑川美佐代，曾经在宝塚歌剧团里扮演男性角色。他们演出的剧目是《雪之丞变化》。舞台是人工搭建的，当然也没有什么观众席，大家往菜市场的地上铺一层席子，坐下就看。演出连日爆满，小豆豆也几乎每天都去看，有时是和朋友一起，有时是独自一人，总是坐在最前排使劲鼓掌。

比起《雪之丞变化》，小豆豆更喜欢正式演出前的暖场表演。两脚分别穿着白色和褐色鞋子的大叔一边拉手风琴，一边演唱名为《东京狂想曲》的歌："花开花又落的夜晚，我依然在银座的柳下……"

银座是爸爸每年都要带小豆豆去一次的地方，充满了回忆。在资生堂会馆吃冰激凌，去金太郎买玩具，再到日本剧场看电影……这些记忆都在大叔的歌声和琴声中复苏了。

我知道银座是什么样的！小豆豆努力忍住突然涌上来的泪水。和小豆豆十分要好的朋友正一同坐在席子上，如果对朋友说什么"好怀念银座"，那简直就像是在背叛她。小豆豆没有出声。

铁道迟迟没有修复。穿着两只不同样式的鞋子的大叔每天都唱着"花开花又落的夜晚"，小豆豆也每天都坐在最前排专心聆听，和朋友一起鼓掌喝彩。

一天，小豆豆放学回到家，发现家中来了两位客人。她正觉得稀奇，仔细一看，其中一位就是那个大叔，另一位则是未曾见过的纤瘦女人。不过女人一说起话来，小豆豆便发现那其实是没有化妆的团长，也就是演《雪之丞变化》的那位。小豆豆只见过她涂着大白脸、戴着假发的样子，因此完全没认出来。

一直和女团长闲聊的妈妈神情微妙。她对小豆豆说：

"他们想让你加入剧团，说你绝对能成为著名的演员，你如果去他们那里，将来一定能当上团长光荣归来。你怎么想呢？"

不知是哪一点受到了关注，总之小豆豆是被看中了。"好像很有意思！"这是小豆豆的第一反应，可是转念一想，自己才上初中，爸爸也还没从西伯利亚回来，没法和他商量，于是只能遗憾地说道："我不能答应。"

随着东北本线修复，剧团向着大城市出发了。菜市场里的小剧院也被拆除，小豆豆一时间完全忘记了这段插曲。

想起女团长是在二十多年后。小豆豆受邀参加晨间电视节目《小川宏SHOW》的《我想见到的人》栏目，委托工作人员帮她寻找女团长。面对那么脏兮兮的小豆豆，竟然说她将来能引领剧团，小豆豆很想和这位女团长再见一面。

到了节目录制那天，小豆豆的心怦怦跳个不停。遗憾的是，凑川美佐代女士已经去世了，不过小豆豆还是在演播室里和她的丈夫通了电话。听说凑川女士还健在的时候，第一眼看到刚登上电视的小豆豆，便欣喜地说："啊，这个孩子，就是这个孩子！我真没看走眼。"

小豆豆很想对凑川女士说声感谢，是她主动来找衣着简陋的小豆豆，给小豆豆带来了自信。无法再次交谈实在遗憾，不过知道了她生前一直在关注电视节目，小豆豆心里多少感到安慰。

妈妈一直在农业协会工作，又是干农活儿，又是缝衣服，连带照顾亲戚们，每天都忙个不停。在这样废寝忘食的忙碌生活中，妈妈穿着唯一像样的和服外出的夜晚却越来越多。不知是怎样的机缘，大家发现妈妈歌唱得很好，便把她拉到婚礼等宴会上助兴。

妈妈是音乐学校声乐专业出身，很想演唱歌剧中的咏叹调。但是在婚礼上，妈妈会唱"金线织锦缎带系腰间"。这是一首叫《新娘人偶》的歌，总能赢得满堂喝彩。她还会用出色的嗓音演绎《海边的歌》和《宵待草》等流行歌曲。婚礼结束后，大家都欢天喜地地向她表示感谢，给她拿上沉甸甸的谢礼。

这些谢礼正是妈妈的目标。在那个根本吃不到点心的年代，婚礼的谢礼往往是粉色的细糯米点心，是用调制成甜味的糯米粉做成的、鲷鱼形状的糕点。甜甜的鲷鱼让小豆豆他们非常开心，妈妈一回到家，他们就迫不及待地拆开包裹着点心的包袱皮。

"啊——"

每次看到鲷鱼的样子，小豆豆他们都会欢呼雀跃。

小豆豆，吊在铁轨下

从谏访平到三户有一站地，小豆豆总是把学生月票挂在脖子上上下学。

"绝对不能把月票摘掉哦。"

妈妈的嘱咐已经快把小豆豆的耳朵磨出茧子了。

一天放学后，小豆豆在三户站左等右等，火车就是不来。晚点的情况确实不算少见，小豆豆和同样住在谏访平的朋友决定玩翻花绳。月票夹的绳子长度刚刚好，小豆豆从脖子上摘下绳子，游戏便开始了。

青蛙呀，铁桥呀，小豆豆用绳子翻出了好多复杂的图案。玩着玩着，火车终于来了。反正只有一站地，小豆豆叼着月票夹，继续和朋友一起在摇摇晃晃的车厢中翻花绳。到了谏访平站，在检票口出示月票后，小豆豆把月票夹拿在手中，和朋友边聊边走。两人本打算在平时告别的小路上说再见，却怎么也不舍得分开，于是一路走到朋友家附近的桥边，这才挥手告别："翻花绳真好玩啊，明天见！"

桥头有两棵高大的松树，笔直地伸向天空。朋友刚走过桥，便回过头来用力挥手。小豆豆也不甘示弱，挥手的幅度比朋友还大。就在这时，有件东西轻飘飘地从小豆豆手中飞了出去，落到了河里。

"是什么咧？"疑惑的瞬间，小豆豆便意识到那是月票。和妈妈约好绝对不会摘下来的、无比宝贝的月票，就这样飞走了。小豆豆眼看着月票在河面上晃晃悠悠漂了一会儿，很快被水波吞没，沉向了河底。河水湍急，天色也已经开始变暗，小豆豆只能放弃。

回到家，小豆豆向妈妈坦白："月票丢了。"

"你看，我说过要小心呢。要到下个月才能买新月票，从明天开始你只能走路上学了哦。"

战争结束后一切都还处于混乱中，月票只能在每月初购买。妈妈虽然帮小豆豆去和工作人员交涉，但是对方没有通融。从第二天开始，从诹访平到三户的五公里路只能依靠步行了。

小豆豆心生一计：普通的道路弯弯曲曲，走起来总会绕远路，还可能迷路。如果沿着铁轨走，一是不会走错，二是她听大人们说过"走铁轨只要一小时咧"。她决定就这么办。

既然是铁轨，当然会有火车驶过。不过小豆豆已经记住了双向列车的时刻表，车子开过时，只要退到铁轨旁边等待就行。

那是个缺衣少鞋的时代，小豆豆上学穿的是木屐。她每天早起一个小时，从诹访平站沿着枕木出发，喀啦咣啷地走到三户站，再与坐火车过来的朋友会合，一起去学校。比起上学的五公里，放学的五公里走起来更加艰难，但小豆豆还是鼓足干劲，喀啦咣啷地跳着向前走。

然而有一天，意外发生了。

小豆豆正要穿过诹访平站附近的一座铁桥时，突然传来"呜——"的汽笛声，本不应该来的火车正从前方越开越近。那是临时通行的货车。桥下的河水又急又深，桥上原本有一个为铁路工人设置的狭小的避难所，可很不走运的是地板已经损坏拆除了，所以无法去那里躲一躲。

千钧一发之际，小豆豆钻到铁轨下方，双手抓住枕木，垂下身体。火车伴随着轰鸣声从头上驶过，可是这列货车到底有多少节车厢啊，仿佛怎么开也开不完。

小豆豆原本很不擅长单杠，但是在巴学园的时候，她很喜欢单手握住单杠，模仿吊在肉店冰柜里的牛肉。也许就是那个游戏锻炼了小豆豆的臂力。

最后一节车厢终于驶过，哎呀哎呀，终于能上去了。

可是小豆豆双臂发麻，怎么也上不去。她急得满头大汗，拼命抬起双脚，将书包钩在枕木上，左扭右扭，总算爬了上去。因为脚趾一直在用力，木屐最终也免于落水。铁桥下的河水打着漩涡，一刻不停地流向太平洋。小豆豆没有落水，真是太好了。

一个月后，妈妈买来了新的月票。小豆豆小心翼翼地把月票塞进夹子里，将绳子牢牢地挂在了脖子上。

"我想回东京。"

生活慢慢安定下来后，妈妈开始留意东京的情况。可是就算要回东京，房子已经烧了，妈妈一筹莫展。

总之，妈妈决定先回东京看一看。北千束曾经的家附近还有不少人住在防空洞里，随处可见用废旧材料和白铁皮搭建的棚屋。第二次回东京时，妈妈找到了相熟的工匠，约定只要准备好钱，就请对方来建新房子。

接下来就是怎样挣出建房子的资金了。餐馆虽然大获成功，可是只靠那些收入是盖不了房子的。眼下能够挣钱的方法就只有做蔬菜或海产品的批发生意。妈妈勤勤恳恳，赢得了不少客人。干了没多久，就有客人得知妈妈来自东京，前来商量："要是去东京，能不能搞到这个咧？"在餐馆里认识的那些东京人都是妈妈生意上的前辈，如果联系他们，或许能有不少收获。

妈妈灵光一闪。

"比起在八户批发海产品，不如订购那些只有在东京才能买到的东西，从东京进货应该能挣不少。"

妈妈在诹访平和八户四处征集大家的需求。"好想要那个——""很想买这个——"服饰是最多人预订的，和服、分趾鞋、开襟短上衣、烹饪罩衣和半身围裙，什么都有。订购辞典、宝石和钟表的人也不少。

去东京进货时，妈妈在双肩包里塞满了用八户捕捞上来的鱿鱼制作的鱿鱼干。鱿鱼干带起来不占地方，在食物短缺的东京很快就被抢购一空。在许多人的指点下，妈妈学会在进货时频繁走访各家当铺，低价购买优质钟表和宝石等抵押品。她把这些东西带到青森，全都卖出了好价钱。

正当妈妈积极地往返于诹访平和东京时，一则突如其来的消息给正努力采购的妈妈和小豆豆他们带来了莫大的勇气。报纸上刊登了有关滞留西伯利亚的日本人的报道，上面有这样一句："新交响乐团的首席黑柳守纲也在其中。"

"爸爸还活着！"小豆豆他们欣喜若狂，可不久又听到传闻，说"新交响乐团的黑柳在试图逃跑时遭到枪击"。

"没事的，爸爸不会傻乎乎地逃跑的。他肯定会待在收容所，一直等待可以回来的那天。"

无论传闻如何，妈妈都毫不动摇。她相信爸爸是安全的，全力采购，每挣到一点儿钱，就存进银行留着建新房子。当然，小豆豆也相信爸爸一定是平安的。

战争结束一年后，热腾腾的夏天再次到来。妈妈突然对小豆豆说："彻子，我有话跟你说。你想不想上东京的女校？"

"东京的女校？"

小豆豆原本打算从巴学园毕业后就去位于旗台的香兰女子学校。那是一所教会学校，就在小豆豆从小就常去的洗足教会对面。爸爸离开之前，也曾和小豆豆商量过上这所学校的事。据妈妈说，她去东京时见了一位朋友，并和对方约好，只要小豆豆愿意，就可以去那位朋友家借宿。

"要是继续待在这里，彻子喜欢的音乐啊舞蹈啊英语啊，全都学不到。你愿意的话，可以先住到我的朋友家，去香兰女子学校上学。等我再存些钱，就能在北千束建房子搬回去了。怎么样？如果你想上香兰，我们就一起去办手续吧。"

红通通的苹果、城山公园的樱花、热闹的菜市场，还有沼畑叔叔和学校的朋友……小豆豆全都喜欢。可是，第一次去三户的城山公园时涌上心头的那种感觉始终没有改变：这里应该不会成为小豆豆的家。

"我想回东京。"

小豆豆在妈妈面前轻轻说道。

正值暑假，小豆豆没能告诉学校的朋友们她要转学回东京的消息。她想着必须让关系最好的女孩知道，可是妈妈说第二天就要走，她只能作罢。

没能当面告别，小豆豆感到十分抱歉。

不过后来，每次跟着剧团到东北地区演出时，小豆豆一定会和那个女孩联系，去她位于八户的家中喝茶。最后一次见面时，她已经成了四世同堂的老奶奶，可两人都还清楚地记得相识那天的情形：她们一起擦着教室的窗户，你一言我一语地聊个不停。

用一生去绽放吧，像花儿一样！

赞美诗与木鱼

"我又开心，又担心。忍一阵子就好了，对吧？能读到很多书当然很快乐，但我还是更想全家人住在一起啊。"

"房子明年就能建起来了，坚持一下吧！到了香兰女校，你就能好好学习了。外婆能照顾纪明和真理了，妈妈接下来也会努力经商。只要大家一起加油，过不了多久就又能在一起生活了。"

"可是爸爸什么时候才能回来呢？如果爸爸不回来，就不能算是一家人团聚……"

"不用担心，我一直都在到处打听呢。爸爸也在西伯利亚努力生活，我们就再等一等吧。"

从诹访平开往上野的火车上，小豆豆和妈妈聊个不停。看到妈妈大口嚼着用新米做成的松松软软的饭团，脸上写满了信心，小豆豆便觉得一切肯定都会顺利。

终于抵达了阔别已久的自由之丘。妈妈在车站前某个像小摊一样的商店里转来转去，采购小豆豆寄宿生活的必需品。

"香兰的制服是无袖连衣裙，下次我再来东京时会缝好带来，这段时间你先穿现有的衣服凑合一下吧。"

妈妈说完，又去采买青森的人订购的生活用品，然后来到不知是谁告诉她的当铺一通交涉。刚才还空空的背包转眼间便被塞得满满当当。

"大家预订的东西基本都买到了，我这就去坐夜车，在车上还能睡一觉。"

忙碌的妈妈选择当天就回诹访平。返回上野站的途中，妈妈把小豆豆送到朋友家，对她说：

"从今以后就全都是好事了哦。我很快就会再来，彻子，你要健健康康的。"

没过多久，钱存得差不多了，妈妈便委托工匠开始修建新家。妈妈最看重的是和昔日的家一样的红屋顶与白墙壁，听说她曾经语气坚定地要求对方，只有这一点务必要做到。

小豆豆进入了香兰女子学校。

一八八八年，英国教会创立了香兰女子学校。昔日漂亮的西式校舍也毁于战争结束前三个月的大轰炸。为了重新开课，学校借用了自由之丘相邻街区内的净真寺，也就是俗称"九品佛"的寺庙。"明明是教会学校，却在寺庙里上课，真是奇怪。"小豆豆虽然这么想，不过九品佛是她在巴学园时就非常熟悉的地方，喜悦的情绪还是占了上风。

对于小豆豆来说，九品佛是个特别的地方。在巴学园上"散步"课时，大家的目的地几乎都是这个步行十分钟就能到达的地点。寺内有许多有趣的东西，留下天狗脚印的大石头啦，流星掉落的深井啦，又大又红的仁王像啦，还有拿着钳子一样的东西、正要拔人舌头的阎魔大王……整座寺庙就像上演传说故事的舞台，每个画面都活灵活现。

至于净真寺为什么被称为九品佛，小豆豆也知道。巴学园的老师曾经讲过，寺里供奉的阿弥陀佛像被分别安置在三座佛堂中，每座堂里三尊，共有九尊，因此是"九品佛"。

看到寺内高大的银杏树时，小豆豆觉得，这是回到东京以来最让她感到"好怀念啊"的东西。每到秋天银杏结果时，小豆豆总会吃很多。银杏果臭烘烘的，可是烤一烤再剥去皮，就成了美味。

用来当校舍的是名为"讲中部屋"的双层木结构建筑。在东京大轰炸中，隶属于"高砂部屋"的前田山一派的相扑手们失去了容身之所。在香兰女校借用前，他们曾将这里用作训练场地。不过小豆豆入校时，相扑比赛用的圆形擂台已经不在了。小豆豆觉得很可惜，要是擂台还在该有多好玩啊。

小豆豆在玄关处脱掉木屐，走了进去。

"早上好。"

她小心翼翼地推开拉门，面前是一个铺着榻榻米的宽敞房间，对侧拉门后面好像还有房间。屋子四周环绕着铺有木地板的走廊。这儿怎么看都是标准的寺庙建筑，却建了两层，实在不可思议。

钢琴就摆在木地板的位置。听说课前要做礼拜，小豆豆站到钢琴前等候。学生们很快便聚集过来，突然开始拆除靠内的拉门。一眨眼的工夫，铺着榻榻米的房间面积扩大了好几倍。学生们一边说着"早上好"一边鱼贯而入，每个人手里都拿着破破烂烂的圣歌集。这是为了演唱赞美诗而准备的。小豆豆也慌忙从书包里拿出圣歌集，站到大家后方。

无袖连衣裙算是香兰规定的制服，可是没有一个人穿。无论是小豆豆还是其他学生，都穿着类似白衬衫的服装。大约一百名学生在榻榻米上列队站好后，学校里被称为"chaplain"的男牧师推开拉门走了进来，静静地开始了礼拜。他穿着长长的黑色西装，衣领上的白边格外引人注目。

小豆豆已经很久没有唱过赞美诗了。洗足教会的主日学校是用管风琴伴奏，和钢琴伴奏的氛围稍有不同。但是钢琴的声音一飘入耳中，小豆豆内心便宁静下来。庄严而又让人雀跃，小豆豆不禁想：音乐可真好啊。

然而，当小豆豆正愉快地歌唱时，奇怪的声音却传进了她的耳朵。

南无阿弥陀啪咔啪咔，锵——！南无阿弥陀啪咔啪咔……

对了，这里是寺庙啊！

小豆豆刚才还在集中精神演唱赞美诗，此时脑中却有两种旋律和节奏纠缠在一起。演唱赞美诗的是十几岁的少女们，诵读经文的是上了年纪的和尚。如果说赞美诗是通达天际的澄澈乐音，那么经文就是洞悉人生的强力回响。

礼拜结束，一个看上去像是老师的人把小豆豆叫到前面。

"这是黑柳彻子同学，从今天开始就和大家一起学习了。"

被介绍给全校学生的小豆豆低下了头："请多关照。"

老师随即对小豆豆说："你先帮忙将房间恢复原状，再和那边的各位一起上二楼。"

"那边的各位"朝小豆豆轻轻招了招手。

"开始上课前，我们必须把教室准备好。这栋建筑是木头造的，很多人一起上二楼会压弯门框，拉门就安装不进去了。所以在上楼前，大家要一起把门安好。黑柳同学，你能扶着那边吗？"

一个梳着辫子、看起来聪明伶俐的女生如此说道。大家将铺着榻榻米的大房间按学年划分开来。小豆豆和同学们一起麻利地安好拉门，完成了课前准备。

不知何时，诵经的声音消失了，取而代之的是小鸟叽叽喳喳的叫声。钢琴与赞美诗，木鱼与经文，还有鸟鸣……不知哪里正在盖房子，施工的声音隐约传来，电车轧轧驶过的声响也格外亲切。

小豆豆终于有了真实的感觉：回到东京了！

"用一生去绽放吧，像花儿一样！"

英语课是从英国女老师的一句"Ladies"开始的。

学生们从壁柜里拿出坐垫，四人一组坐到长桌旁。铺着榻榻米的房间挤满了学生，明明在学英语，却像是进入了寺庙开设的私塾，真是奇特。

女老师比小豆豆的妈妈还要年长得多，头发从中间分向两侧，编成麻花辫盘在头上。她站在房间的最前面，声音洪亮地向学生们问早安："Ladies, good morning!"老师说的是充满自信的英式英语，发音与美式英语完全不同。

那干脆利落的节奏像鞭子一样，小豆豆不由得挺直了后背。

"这可不太容易啊。"

英语课像是一点儿也不顾及小豆豆的感受。老师完全不说日语，而是希望学生们能背下她说的话。大家都在模仿老师，于是小豆豆便开始模仿大家。老师的白衬衫外面罩着茶色粗呢夹克，搭配长裙，腰部用紧身衣束得紧紧的，一副标准的英国淑女模样。每当老师开口说话，小豆豆多少有些害怕她全身迸发出来的能量。

一开始，小豆豆觉得要跟上学习进度有点儿吃力。不过她想起自己在青森是怎么学方言的，发现只要能把听到的东西说出来，就可以渐渐抓住英语的节奏。

没过多久，小豆豆便从背诵中感受到了被新知识充盈的快乐。这一定是因为老师们始终以身作则，生动地展现了什么叫"昂首挺胸，毅然前行"。小豆豆觉得这大概就是英式教育。

九品佛的房子到了冬天也没有暖气。在三户上学时，教室里有烧柴火的暖炉，总是暖乎乎的。可是东京这栋曾被当作相扑训练场的建筑却不一样，寒风从门缝里吹进来，冷飕飕的，大家只能穿着外套上课。

英国的女老师们总是一身正装，可最吸引小豆豆的是她们的袜子。因为房间里铺着榻榻米，进屋需要脱鞋，小豆豆总能看个仔细。她们无论何时都穿着厚厚的茶色棉袜，将英伦风贯彻到底。日本老师里也不乏追求时尚的人，穿着当时最时髦的尼龙长筒袜。

音乐课用的教材是德国人编写的《合唱练习曲集》，目的在于让大家准确地完成合唱。这是小豆豆最拿手的。

当高声部和低声部分开后，有的学生会立刻被不同的音部带跑，可是小豆豆总能唱得很好。在她看来，英语课和音乐课采用的欧式教学多少是和巴学园相通的。

每天学生们都站一会儿又坐一会儿，桌子也要搬来搬去，榻榻米因此破得很快。还有，一旦课程无聊，大家就会不知不觉揪起榻榻米上的灯芯草来。尤其是考试的时候，或是上基督教课和代数课时，教室里就会迎来揪灯芯草的大场面。考试结束，榻榻米也变得破破烂烂，甚至可以从损坏程度来推测考试的难度。

小豆豆当然也是"惯犯"。她坐在教室的最前排，老师就站在她面前。小豆豆将揪下来的灯芯草结成长绳，绕过老师的脚腕，再系到桌腿上，这是她非常喜欢的恶作剧。她很想看看老师一迈步会发生什么，可是灯芯草绳太脆弱了，无论小豆豆怎么尝试，都是一拉就断，老师从未像她想象的那样摔个大马趴。回想起来，从在巴学园上学时开始，小豆豆总要在课堂上搞出点儿事情，这个习惯到了中学也没有改变。

很久以后，小豆豆在香兰女子学校的校友会杂志上发表了这样的文章：

"我一点儿也没学习，成绩当然不怎么样。但是，至少有种想法始终在我心里，从未改变，那就是像校歌里唱的那样生活。"

小豆豆觉得做礼拜时唱的赞美诗也不错，可是她最喜欢的还是香兰女子学校的校歌：

> 香兰呀
> 在深深的大山里香气悠扬
> 移居到庭院中也依然芬芳
> 天时与地利，自有它们的规律
> 我们就——
> 用一生去绽放吧，像花儿一样！

对于学生们来说，"用一生去绽放吧，像花儿一样"就像一句座右铭。

小豆豆渐渐习惯了新学校，朋友也慢慢变多，有时放学后还会去朋友家聊天。和如今女孩们聚在一起为偶像欢呼或是讨论时尚潮流不同，那时，大家谈的大多是"将来做什么""未来要怎么发展"之类的话题。

那确实是个缺少娱乐的年代，可是大家经常交流未来的出路，或许正是因为把那句"用一生去绽放吧，像花儿一样"放在了心上。就连不太喜欢学习的小豆豆也总是有意无意地思考：该怎样让自己像花儿一样绽放呢？

当时，许多女性都将结婚作为"让自己绽放"的方式。曾经的班主任青木忍老师就是因为结婚而辞职的。青木老师在晨会上和大家告别时，小豆豆想到她为了结婚而放弃工作，不由得悲伤起来。

自从那次流着泪哼唱"又冷，又困，还肚子空空"被巡警训斥后，无论多么难受，小豆豆都忍了下来。可是这一次，她却和大家一起放声大哭。

那么好的班主任就要结婚了，再也不能当老师了……

不过，哭泣时无须避人耳目，大概也是小豆豆他们重新夺回的自由之一。无论在哪里哭泣，都不会再挨警察的骂了。

失恋

从年幼时算起，一直到后来开始忙于 NHK 的工作，小豆豆在洗足教会受到了足足二十年的关照。

在小豆豆上小学前的一个圣诞节，常来教会的孩子们要表演耶稣在马厩出生的剧目。小豆豆长得比同龄人看起来成熟些，因此负责扮演耶稣。小豆豆知道羊是吃纸的，排练时便对跪着扮演羔羊的孩子说："吃掉这个吧。"随后便把纸塞进对方嘴里。大家说"耶稣不能动粗"，不允许她再演耶稣。

小豆豆于是扮演起羔羊来。这可比扮演耶稣无聊得多，她便一个劲儿地拜托扮演耶稣的孩子："我会吃纸，快给我，快给我。"结果别人觉得她太吵闹了，到头来她连羊的角色也丢了。

战争期间去演唱圣诞颂歌的事，小豆豆也记得很清楚。她加入了合唱队，在灯火管制中步行去信徒们的家。

他们在玄关前或窗户下唱起赞美诗，便能收到热乎乎的糖水或蒸好的红薯和玉米面包。砂糖是信徒们为了那个夜晚提前准备好的。小豆豆对这种活动格外积极。

小豆豆每周要去四次教会。那里的人对她非常亲切，寄宿的地方也离洗足教会很近。除了主日学校，小豆豆连周二的信徒聚会、周三的祈祷会和周五的圣经学习会也全都参加。

那时，在主日学校负责用管风琴给赞美诗伴奏的人辞职了，教会正在找人接替。

得知这个消息，小豆豆第一时间去找老牧师商量。

"请让我来演奏吧！"

老牧师立刻微笑着答应了。"那就交给你吧。"

小豆豆的鼻子简直翘上了天。那时，她正偷偷仰慕着年轻帅气的副牧师。她的管风琴演奏水平并不算高，但她多少能弹一些，而且总是充满热情。在小豆豆的想象中，成了管风琴演奏者，就能像大人一样和副牧师交谈："下礼拜日演奏哪首赞美诗呢？"或许两人还能单独交谈。一想到这里，小豆豆的心中就溢满幸福。

副牧师刚从海军学校复员，借宿在与教会相邻的老牧师家中。和他境遇相似，那时小豆豆也寄宿在教会附近妈妈的朋友家。

只要前往教会，就一定能见到副牧师。他身材高大，戴着无框眼镜，目光格外温柔。他的头发有时会睡得毛毛糙糙的，但那也是他的魅力之一。代替老牧师祈祷或讲经时，他也表现得十分出色。他的优点简直多得数不清，不过小豆豆最中意的还是他的声音。

除了小豆豆，应该还有很多人欣赏副牧师。信徒在短时间内增加了不少，这就是证明吧。

副牧师曾带领大家去看望生病的信徒。小豆豆和那位信徒并不相熟，天气也很冷。可是只要想到和副牧师在一起，心里便暖和起来，立刻忘记了寒意。

然而没过多久，副牧师决定去广岛的教会任职。这份惊讶还没散去，小豆豆在教会里听到的一句话就彻底击碎了她的心。

"听说副牧师要结婚了！"

那是一位美丽的信徒，比小豆豆大得多。她每个星期也来四次，就住在教会旁边。小豆豆稀里糊涂，一点儿也没注意到。

啊，该怎么办呢……

至少也要送一份礼物留作纪念。

但是小豆豆毫无头绪，手里也没有钱。

绝望的小豆豆无精打采地走回寄宿的人家，却在一片空地上找到了不可思议的东西：一小截树枝上面，粘着一团软蓬蓬的白色物体，就像棉花糖似的。

好漂亮！小豆豆把树枝放进盒子，用缎带打了个小小的蝴蝶结。

美好的礼物就这样做好了。

和副牧师告别的那天，小豆豆赶到东京站送行。

小豆豆穿着白衬衫、印花棉布长裤和红鞋子。白衬衫是妈妈用在诹访平生活时配发的废弃降落伞改成的，长裤的布料则来自北千束家中的沙发。这块布先后被妈妈当作包袱皮和诹访平家中的装饰，后来又改成了裤子。

鞋子原本是白色的，是在东京时配发的运动鞋，小豆豆让油漆店帮忙涂成了红色。店里的人说："干了以后就会变得硬邦邦的哦。"小豆豆却回答"没事"，因为她被电影里的芭蕾舞鞋深深吸引了。鞋子上的油漆果然和店里的大叔担心的一样，很快就开裂了。不过那时没有人穿红色的鞋子，这双鞋对小豆豆来说自然是宝贝。

在东京站，小豆豆开着玩笑说"这是从宇宙来的礼物"，把小盒子送了出去。她和大家一起挥手目送副牧师搭乘的火车驶离站台，连胳膊都快要挥断了。

很久之后，小豆豆参加了《小川宏SHOW》的《初恋谈话》栏目。和寻找女团长时一样，小豆豆曾多次受到这个节目的关照。这一次，虽然只是通话，但她还是实现了和副牧师重逢的心愿。副牧师竟然辞去教会工作，加入了自卫队。

副牧师仍然记得小豆豆的礼物。不过直到那时，小豆豆才发现，那个像棉花糖一样可爱的物体其实是她最害怕的螳螂的卵。到达广岛后，副牧师一打开盒子，刚刚孵化出来的螳螂幼虫便扭呀扭地爬了出来。听到这里，小豆豆不禁眼前一黑。

　　就在离北千束站不远的地方，红屋顶、白墙壁的新家竣工了。妈妈和外婆带着纪明和真理从诹访平归来，一家五口人开始一起生活。新家的外观十分醒目，小豆豆也从寄宿的地方搬了回去。能再次和妈妈他们团聚，小豆豆开心极了。

　　接下来只要等待爸爸归来就好。

兼高罗丝女士

小豆豆曾在香兰女子学校领取过"LARA 物资"。LARA 是"Licensed Agencies for Relief in Asia"的首字母缩写，是一个由美国的宗教和慈善机构创立的组织。在战后一段时间内，他们将筹集到的食品、医疗用品和学习用品等救济物资送到日本。西式服装和学习用品就像在义卖会上那样陈列着，学生们可以试用并带走。

当时正值寒冷的季节，大家都想要衣服，可是小豆豆一眼就看中了放在学习用品后方的软蓬蓬的玩偶兔。

"我要那个就好。"

从那以后，无论去哪里，小豆豆都会带着这只玩偶兔。那软绵绵的触感、亮晶晶的可爱模样，总是能抚慰小豆豆的心。

临近圣诞节，香兰按照惯例举办了义卖会，让学生们一起制作玩偶。小豆豆做了只玩偶小熊，是照着避难时也随身携带的黑白熊做成的，大小正好能托在手掌中。

有的学生把家人不再穿的毛衣拆掉，织成童袜；有的学生觉得制作食品也挺好，做出了传统造型的红薯点心。能够卖出亲手制作的玩具和人偶，学生们都很开心。点心也颇受欢迎，立刻就被抢购一空。

某位毕业生登场时，学生们爆发出了那天最响亮的欢呼声。

那是学姐兼高罗丝。她有时是旅行家，有时是记者，有时又是随笔作家。比起本名"兼高罗丝"，人们更熟悉她的笔名"兼高薰"。应该还有人记得《兼高薰的世界之旅》吧？这档电视节目从一九五九年起连续播放了三十一年，拍摄了一百五十多个国家。兼高罗丝既是主持人，又负责旁白，还兼任制片人，多年来一直在向观众介绍未知的世界与旅行的魅力。

"义卖会上应该能见到兼高罗丝学姐。"

消息转眼之间便传开了。

那时，兼高罗丝刚从香兰毕业，还没有出现在电视节目中，也尚未成为名人，但是那潇洒的身姿早已让全体在校生为之憧憬。不知是哪个学生洗印了她的照片，大家人手一张，小豆豆也放了一张在书包里。学姐棱角分明的面庞上闪动着一双水灵灵的大眼睛，让人不禁感叹世界上怎么会有这么漂亮的人。

快到罗丝学姐来访的时间了，大家都聚集到九品佛的门口迎接。当一位身材高挑的女士抱着大大的包从远处走来时，单手拿着照片的学生们再也按捺不住内心的急切。

"兼高学姐！"

"罗丝学姐！"

平日里一向很稳重的高年级学生们涨红了脸，竭尽全力发出呼喊。

罗丝学姐越走越近，那气势让小豆豆也不禁屏住呼吸。

大大的眼睛搭配玫瑰色的双唇，细细的麻花辫像发箍一样盘在头上。羊毛外套上只有领口是毛皮制成，在风中显得格外潇洒。外套下是飒爽帅气的喇叭裤，这种裤脚展开的裤子是西方男性常穿的。

后来听说罗丝学姐为此受到了老师的批评："毛皮和喇叭裤都太花哨了。"香兰确实也有这样的一面。

"各位好啊！"

罗丝学姐说着便穿过寺门走了进去，学生们都追在后面。小豆豆望着学姐的背影，高跟鞋在裤脚里时隐时现。

在义卖会上卖完带来的物品后，罗丝学姐把全部收入交给老师，像风一样离开了。这一天的销售冠军正是她。有高年级的学生一直在给她拍照，小豆豆当然也拜托道：

"请务必多洗几张。"

过了大约三十年，兼高罗丝女士来到了《彻子的房间》。两人也谈到了义卖会那天的情形，不过让小豆豆至今记忆犹新的，是那些关于旅行的对话。

小豆豆问出了她一直十分在意的问题：

"我看过《世界之旅》前往非洲内陆的那期节目。我记得那好像是最能表达亲切的举动吧——村长从嘴里吐出咔嚓咔嚓嚼过的东西，说了句请用，您立刻就……"

"村长多少也心存疑虑吧，觉得我可能不会吃，担心我看不起他们。如果我吃了，村长就能放心地和我成为朋友。"

后来，小豆豆担任联合国儿童基金会的亲善大使，承担起前往世界各地的医院和难民营看望儿童的责任。她遇到过濒临死亡的孩子，也曾用双臂紧紧拥抱他们。直到现在，每次离开日本、坐上远行的列车，小豆豆都会感到自己正握着香兰学姐递来的接力棒，全力向前奔跑。

放学后的心动

进入香兰女校大约一年后，小豆豆收到了人生中第一封情书。

一天放学，小豆豆准备回家，正在车站等车。就算记不住列车时刻，只要在车站等上不到十分钟，车就一定会来，这让小豆豆觉得东京十分了得。之前去避难时，哪怕只是错过一趟火车，也不得不等上两个小时才有下一班。

这天小豆豆独自一人。正当她站在站台上等候时，一个穿着制服的陌生的中学生突然跑到她身旁。

"那个……"

中学生低着头，看不清他的面孔。

"怎么了？"

见他忸忸怩怩，小豆豆直爽地问道。但他一言不发，从书包里拿出一个白色信封。

小豆豆接过信，他依旧一声不吭，转身就跑。小豆豆惊讶得连眨了五次眼，那个中学生就这样消失在了车站里。

"这不就是情书吗？"

回到家，小豆豆带着多少有些加速的心跳拆开信来。信封粘得很牢，猛地一撕，折下来的三角处就破了。还好信件本身没有撕坏，小豆豆慢慢展开信笺。

"写给像刚蒸好的红薯一样的你。"

小豆豆读了最先映入眼帘的这句话，怦然心动一下变成了噗噗喷饭。

什么嘛！

会有人在情书里管喜欢的人叫"刚蒸好的红薯"吗？小豆豆知道自己不是个漂亮的女孩，可是这个人就不能写得浪漫一些吗？

真过分！小豆豆一个字都没再读，唰唰几下撕掉情书，把信给扔了。

可是过了一些日子，小豆豆便觉得那样的形容或许也不坏。战争结束后食物仍然短缺，暂且不提避难时居住的青森，在东京，刚刚蒸好的红薯可算得上是最奢侈的食物了。圆滚滚的，又甜又热乎，可能是那个中学生最喜欢的东西了。将最喜欢的小豆豆比作最喜欢的东西，对他来说或许已是最高的赞美。但是小豆豆刚刚进入青春期，还无法理解到这一点。

那个中学生到底长什么模样，又写了什么呢？小豆豆只记得他穿着制服。"刚蒸好的红薯"带来的冲击太大，其他的她已经完全没有印象了。

从小时候起，小豆豆就很喜欢信这种东西。

第一次收到的信，准确地说是明信片，是带小豆豆去汤河原温泉疗养的奶奶寄来的。奶奶用十分漂亮的字写道："你忘拿的蜡石在我这里，请随时来取。"蜡石是孩子们用来在路面上画画玩耍的东西。那时小豆豆刚上一年级，看到收信人处写着自己的名字，她有种变成大人的感觉。

战争期间，小豆豆阅读了《世界名作选》。这本书的开篇已经提到，小豆豆特别喜欢其中凯斯特纳的《小不点和安东》，而同册收录的俄国文豪契诃夫的《写给哥哥的信》也是她中意的作品。

"为肉眼看不见的东西心痛"是很重要的一件事，《写给哥哥的信》表达的正是这一点。契诃夫脑海中的"温柔"也传递到了小豆豆心中，想要成为温柔的人就必须富有教养，而阅读正是提升教养的关键。

小豆豆热爱凯斯特纳的作品。十八岁时，她曾鼓起勇气给译者、德语文学研究者高桥健二写了一封信，结果意外地收到了美妙的回信，两人由此成为笔友。高桥先生提议："让我们在信的最后写上'暗号：凯斯特纳'吧。"没有比这更让小豆豆开心的了。凯斯特纳坚决与纳粹势力做斗争，作品中既充满让人开怀的欢乐，又带着些许讽刺。

笔友做着做着，得益于高桥先生的助力，小豆豆竟然收到了凯斯特纳女士的信。是那位凯斯特纳写来的！在与高桥先生和其他许多人的书信往来中，小豆豆学到了一件事：只要饱含真诚地写信，心意就一定能传达给对方。

这么说来，小豆豆手里还有《长袜子皮皮》的作者阿斯特丽德·林格伦写来的信。《窗边的小豆豆》英文版发行时，小豆豆无论如何都想让林格伦女士看到，于是就写了信，连同书一起寄了过去。后来，林格伦女士寄来了手写的回信："我眼睛不好，读不了书，但是我很期待女儿能念给我听。"这不是在做梦吧？小豆豆高兴极了，一直把这封信压在书桌的玻璃板下，只为能随时读到。

从报纸上得知林格伦女士去世的消息时，小豆豆很伤心。不过九十四岁，可真是长寿！长袜子皮皮的欢乐，正是源于林格伦女士的活力。

有一天放学后，小豆豆到同学家玩。准备回家时同学说要送她，于是两人一起走到池上线的长原站。车站前的路边坐着一个年轻男人，他胸前挂着一块布，上面写着"看手相"。

小豆豆一脸好奇地望着男人，对方便招呼道："怎么样？我能看手相哦。"

那时小豆豆才十六岁，一直认为只有大人才能看手相，不由得吓了一跳。年轻男人身材矮小，穿着皱皱巴巴的鼠灰色和服，显得弱不禁风。那时日本人都是这副模样，面色苍白，看着就营养不良。不过，男人看起来倒还温和。

冒险的气息扑面而来，小豆豆禁不住想试试。她看了看价格，身上的零钱应该够用。她打开钱包确认后，说服了还在犹豫的朋友，然后朝男人伸出手："那就拜托你了。"

那天小豆豆也抱着玩偶兔。在香兰女校的 LARA 物资中发现的兔子，和很久以前摄影师伯父送的黑白熊一样，都是她珍视的宝物。

小豆豆伸出空着的手。那只手脏兮兮的，因为小豆豆走路时总会不自觉地到处乱摸，那天也已经脏到了看手相时会遭人嫌弃的程度。妈妈总对小豆豆说："要洗手啊！"

但那个男人平静地拉过了小豆豆的手。他用凸透镜盯着小豆豆的手掌看了好一会儿，才慢慢地松开。

"另一只手也请给我看一下。"

小豆豆将玩偶兔换到这只手中，伸出另一只更脏的手。

"不好意思，手太脏了。"

听小豆豆这么说，看手相的人笑了：

"没关系哦。"

他看的不只有手掌，还有侧面和指甲。全部看完后，他盯着小豆豆的脸说：

"你结婚会很晚，特别晚。"

小豆豆不由得和朋友相视一笑。对于十六岁的女孩来说，结婚还是很遥远的事，不过"很晚"到底是什么意思呢？看手相的人并不在意她们的笑，继续一脸认真地说：

"你在金钱上不会有困难。然后……"

他再次看了看小豆豆的手掌，缓缓地说：

"你的名字会传遍海角天涯。"

"传遍海角天涯？"

小豆豆追问道。看手相的人似乎有些为难，清了清嗓子。

"我也不知道具体会怎样，但你的手相就是如此。"

说到这里，他又补充了一句：

"你最好能信稻荷神。"

这句话让小豆豆笑得更夸张了。她从小在基督教家庭长大，上的也是英国人开办的教会学校，对方却让她信仰稻荷神，也太奇怪了。看小豆豆笑个不停，男人却似乎自信满满，语气亲切地叮嘱道：

"那样做最好。"

小豆豆道谢后付了钱，向车站走去。天色已经昏暗下来。

回到家，小豆豆告诉妈妈：

"据说我的名字会传遍海角天涯。"

正在准备晚饭的妈妈盯着锅里说：

"那可不要啊。难不成是做了什么坏事上了新闻？你可得小心点儿。"

很久之后，小豆豆参加了NHK的节目《在梦中相见》。那是岁末的最后一夜，小豆豆和永六辅、渥美清及坂本九一起到赤坂的丰川稻荷东京别院祈福。那里也供奉着演艺之神弁财天，据说非常灵验。仔细想来，那正是稻荷神。长原站前看手相的男人说得可真准啊。

香兰女子学校的老师们

在香兰女子学校，除了校长和被称为"chaplain"的男牧师，其他老师几乎都是女性，而且大半是香兰的毕业生，爱校之心格外强烈。像小豆豆这种一刻也安静不下来的学生，总是被老师们提醒："要注意自己的言行举止，像个香兰的学生。"

让小豆豆印象最深的，是教授英语和圣经的志保泽都季老师，她也是从香兰毕业的。由于香兰是英国人开办的学校，战争期间曾经被军方盯上。有英国留学经历的志保泽老师被视为亲英派，宪兵怀疑她通过教会向外传递情报，于是以涉嫌从事间谍活动为由，要求她接受调查。

经历这样的劫难后，志保泽老师回到以基督教信仰为根基的讲台时，对学生的要求也变得十分严格。

"黑柳同学，上午的课程结束后，请来找我一趟。"

一次做完礼拜，志保泽老师叫住了小豆豆。

小豆豆并没有受到斥责。当她不情不愿地跨过太鼓桥,来到教师办公室时,志保泽老师说道:

"黑柳同学,你昨天在车站和朋友大声说话,香兰的学生不应该发出那么大的声音。"

语气并不严厉,却有种说不出来的压迫感。小豆豆只能回应道:"非常抱歉,我以后会注意的。"

类似的事也发生在兼高罗丝女士到访的义卖会上。

义卖的收入全额捐给了儿童福利机构、养老院、特殊教育学校和麻风病疗养所。有的老师提议道:"留一点儿给学校使用怎么样?"志保泽老师毅然表态:"那就成了甩卖,而不是义卖了。"

查阅辞典,"义卖"确实是"为了筹集用于慈善事业的资金而举办的销售活动"。

最受学生们欢迎的毫无疑问是小后老师,也就是后藤八重子老师。她也是香兰的毕业生,以英语老师的身份重返母校。她还热衷于指导园艺社团的活动,在学校被烧毁的遗迹上修建了花坛。

"无所不有是幸福,一无所有也是幸福。同时了解两者,才是真的幸福。"

"一生能交许多朋友,但是女校的朋友最贴心。"

小后老师有很多名言。学生们都记得她频繁查阅辞典的模样,觉得必须向她学习。

不过，也有小豆豆应付不来的老师。

有一次，学校新来了一位教数学的男老师。由于男老师特别稀少，小豆豆她们唱起了"女人当中一枝花"。

小豆豆和这位老师怎么也合不来。上课时，他问大家有没有问题，于是小豆豆问："为什么要学代数？有什么必要吗？"小豆豆不喜欢代数。

老师说了句"今天让我先想想"，然后在第二天给出了说明：

"如果学习几何，那么即使不爬树，也能知道树的高度；即使不过桥，也能计算出桥的长度。"

听起来似乎真有必要学习几何，小豆豆想。可是老师继续说道：

"不过，我不知道为什么要学习代数。"

真是令人遗憾的回答啊。

数学考试时，小豆豆曾在答题纸上写下"老师是骗子，对学生说谎不好"。这是因为发新教科书时，对小豆豆"没有收到"的发言，老师明显撒了个谎。

过了几天，老师将答题纸还给小豆豆，上面用红笔写着大大的"负十分"。在那之后的一段时间，小豆豆都坚决不看老师一眼，以示反抗。几天后，老师在走廊里叫住了她：

"黑柳同学，前阵子的考试我给了你负十分。作为老师，我不应该有那种态度。我会取消这一成绩。"

对话如此展开，小豆豆以为老师正在反省。可是当她询问"那我的分数会怎么样呢"的时候，得到的回答却是"零分"。"那就不用了，不麻烦您取消了。"

小豆豆对朋友说："我真应付不了数学老师啊。"

朋友却说："你不是应付不了数学老师，而是应付不了数学吧？之前那位老师考试时，你不是还大喊'各位同学，要不要交白卷'吗？"

真的发生过这种事吗？

自由之丘的电影院

战争结束后不久，一谈到娱乐活动，首先想到的就是看电影。避难期间，小豆豆虽然看过女团长的演出，却一次也没有去过电影院。因此决定返回东京时，她就对看电影格外期待。

说起附近的电影院，还要数自由之丘的"南风座"，它位于车站和巴学园中间，从车站步行一分钟便能到达。小豆豆在香兰的朋友中也有喜欢看电影的，所以她或是结伴，或是独自一人，享受着放学后的自由时光。

南风座是由废弃的飞机机库改造的，据说创始人曾为军队工作，因此才能在战后接手机库。由于外观像鱼糕，人们也叫它"鱼糕电影院"。巴学园也曾用废弃的车厢做教室，过去的人们还真是擅长废物利用啊。电影院的入口处种着棕榈树，四周萦绕着与其名字相称的南国气息。

小豆豆之所以喜欢南风座，是因为那里会放映最新的西方好片。其实学校规定放学路上是不能去电影院的，但是小豆豆她们总想尽早看到新片，每次都绞尽脑汁躲过老师的视线。

有一天，小豆豆发现香兰的许多老师也是南风座的影迷。

有个人气很高的系列片出了新作，那天南风座刚开始放映，因此人山人海。小豆豆和朋友很想看那部电影，虽然检票员说"已经没有座位了哦"，她们还是混进了放映厅，站在最后方的人群中。

两人正肩并着肩在黑暗中观看，一个迟到的女人撞上了小豆豆的肩膀。

"哎呀，对不起。"

是个很熟悉的声音。银幕投来的光亮模模糊糊地照出了说话人的脸。

"啊！"

小豆豆情不自禁喊出了声，是小后老师。

"嘘！"

小后老师在双唇前竖起食指，将手搭在小豆豆她们肩上按了按，便一言不发地走了进去。

"我就当作没看到你们，你们也当作没看到我，大家都好好享受电影吧！"

小豆豆从小后老师的手掌中读出了这样的讯息。

那时上映的，是鲍勃·霍普与平·克劳斯贝两大明星共同出演的"路系列"中的一部。小豆豆已经想不起来是《新加坡之路》还是《阿拉斯加之路》了，总之这个系列的音乐喜剧讲的都是性格迥异的两位主角在世界各国的奇幻之旅。

小豆豆尤其喜爱鲍勃·霍普的说话方式，看过电影后立刻开始模仿。第二天，小豆豆在学校展示练习成果，连没看过电影的朋友都被逗得哈哈大笑。要是小后老师看了，肯定也会笑个不停，可是想起小后老师的手掌，小豆豆还是忍住了。

随着年级升高，小豆豆越来越喜欢看电影，惠比寿的电影院也成了她的目的地。那里上映的是欧洲电影，有一次小豆豆听说从早上八点到晚上九点会连续播放八部与法国名画有关的电影，于是也跑去看，还对妈妈撒谎说："我要为明天学校的活动做准备，会晚一些回来。"

就在那段日子里，某一天，小豆豆遇到了影响自己人生的、命运般的电影。那是意大利歌剧代表作《托斯卡》的电影版。

普契尼创作的《托斯卡》讲述了热情的歌女托斯卡与画家卡瓦拉多西的恋爱悲剧。从托斯卡来到教堂找卡瓦拉多西的场景开始，直到她从天使城堡一跃而下的最终一幕，小豆豆都听得入神，看得出神。

歌女托斯卡拿着大大的扇子，半遮脸庞，优雅登场，用清澈明亮的女高音唱出华丽的歌。她礼服的裙子上装饰着奢华的蕾丝和缎带，钻石项链在敞开的领口熠熠发光。她的头发一缕缕垂下，每一缕都镶嵌着花朵。

太美了！战争刚刚结束，在几乎没什么衣服可穿的小豆豆看来，那样的装扮只存在于梦里。

这个梦搅乱了小豆豆所有的感觉。

成为那个人吧！小豆豆下定决心。

"我要当歌剧演唱家。"

小时候，小豆豆想当间谍，想做街头的宣传艺人，想在火车站卖票。观看芭蕾舞《天鹅湖》时，小豆豆还想象过自己成为芭蕾舞演员的那一天。在巴学园的小林校长面前，小豆豆曾经宣布："我长大以后，要做这个学校的老师。"可是，那么喜欢的巴学园已经在空袭中被烧毁。成为女校学生后，小豆豆便不再像过去那样，有明确的"我想成为……"的意识了。

不过妈妈说，希望小豆豆能够为自己想做的事充分学习，小豆豆也打算耐心等待自己发现"想做的事"。

就在这时，她观看了《托斯卡》。

"歌剧演唱家"这个职业包含了小豆豆喜欢的所有要素，就这样突然出现在了她面前。小豆豆一点儿也没考虑自己是否有才能胜任，就自顾自决定了："我要当歌剧演唱家。"

"无论什么样的人，上天都会赋予他一项出类拔萃的才能。但是大多数人都无法发现那份才能，最后选择了不相称的职业，就这样度过一生。而将才能与职业完美结合的，就是爱因斯坦和毕加索这样的人。"

小豆豆观看《托斯卡》时，正好有人对她说了这样的话。小豆豆完全不知道自己拥有怎样的才能，但是她认为，今后人生最为关键的便是发现那份才能，并将它与职业结合起来。

尽管决定成为歌剧演唱家，但究竟要在哪里进行怎样的学习，小豆豆毫无头绪。她和香兰的朋友商量，朋友回应道："那还是得上音乐学校吧？"妈妈正是在音乐学校时与爸爸相遇然后结婚的，因此小豆豆小心翼翼地和妈妈商量："我想当歌剧演唱家。"

她得到的是妈妈一如既往的回答：

"是吗，那挺好啊。"

好事不宜迟。旧制中学和女子学校都是五年制。那时小豆豆在香兰女子学校上四年级，正值学制改革，是过渡到"六三三学制"的时期，有不少学生在四年级便毕业升学。

小豆豆也想在四年级就毕业进入音乐学校。她认为只要早一天入学，早一天唱好歌，就能很快得到角色。如此简单粗暴的思维方式，完全源于战争中的配给制度。那时的队伍是那么长！只要排在队伍前面就能获得物资，"快者为王"的想法已经在小豆豆的头脑里扎下了根。

小豆豆跑遍了东京，向多所音乐学校提交入学申请，结果有学校毫不遮掩地问她："你能捐多少钱？"战争刚结束不久，有的学校需要重建校舍，有的学校需要完善课程体系以应对学制变更，这样的要求并非不合情理。

小豆豆不太了解金钱上的问题，但是思索了片刻，她明白了捐赠的金额将决定她能否入学。不过明白归明白，她也只能遗憾地回答：

"我来这里是对父亲保密的，所以没办法捐款。"

"对父亲保密"的确属实。妈妈说过，爸爸不希望女孩受到社会的污染。他不希望女儿工作，更别说成为歌手了。

在几所候补学校中，妈妈曾经就读的东洋音乐学校不需要捐款就可以参加入学考试，小豆豆也顺利合格了。就这样，她成了东洋音乐学校的学生。

刚入学没多久，小豆豆就大吃一惊。《托斯卡》中优美的歌曲竟然不是女演员本人唱的，而是由别的女高音演唱后再由女演员对口型。同年级的男生说："看吧，女高音丑，男高音傻，一直以来不都是这样吗？"这种事情明明没必要告诉她啊！

小豆豆还是希望成为女高音。

迷茫

东洋音乐学校位于杂司谷的"鬼子母神社"前,从山手线的目白站步行大约十五分钟就能到达。入学以后,小豆豆也尽所能看了许多歌剧,看着看着,想法便更进一步,从"想当歌剧演唱家"变成了具体的目标:"我喜欢这首曲子!""我想唱这首歌!"

那是莫扎特的歌剧杰作《魔笛》中的《夜之女王咏叹调》。

"哈啊啊,啊哈哈哈哈哈哈哈哈,哈——"

这一段的演唱方式被称为"花腔女高音",骨碌骨碌百转千回。这支曲子则是女高音的巅峰之作。

独自一人时,小豆豆曾试着演唱,发现自己可以顺利发出高音,让声音转动起来。

"我想唱好花腔女高音。"

小豆豆下定决心。

顺便一提,《彻子的房间》的片头曲原本是有歌词的,其中就有"花腔"这个词。

> 发出高音的时候,可不要变成斗鸡眼
> 发出笑声的时候,尽量用花腔
> 芥末、辣椒、胡椒,不要吃太多
> 吸烟更是绝对要禁止
> 可是酒啊,怎么也停不了

这是小豆豆与女高音歌唱家岛田祐子共同参演的音乐会《即兴音乐剧》的主题曲,在"停不了"之后,有一段用花腔演唱的"哈哈哈哈哈哈哈,哈哈哈哈哈哈哈,哈——"

这首歌由山川启介作词,今泉隆雄作曲。《彻子的房间》的工作人员拜托今泉先生创作主题曲时,今泉先生表示这首曲子的时长正好是三十秒,不如就用它吧。请大家也用《彻子的房间》里的旋律配上这段歌词唱一唱吧。

在音乐学校教授声乐的高柳二叶老师隶属"藤原歌剧团",是一位非常活跃的女高音歌唱家,但是她唱的并不是小豆豆憧憬的花腔女高音,于是小豆豆开始在校外寻找能教授这一唱法的老师。小豆豆也想过跟妈妈商量,但是她觉得自己已经不是小孩子了，还是应该自己想办法。

说到女高音歌唱家，小豆豆的脑海里立刻浮现出大谷冽子老师的名字。查到电话号码打过去，对方立刻答应下来，痛快得让小豆豆甚至有些不尽兴。小豆豆问来地址，前去拜访。大谷老师的家也兼用作教室，离东洋音乐学校不算太远。

大谷老师家的起居室里摆放着三角钢琴。小豆豆去上课时，老师竟然穿着层层叠叠、宛如礼服般的衣服出来迎接，棱角分明的脸庞上口红鲜艳欲滴，连眼线都描画得精致得体。看到授课时也始终保持优雅的老师，小豆豆觉得，将歌剧的世界与所生活的现实世界紧密联结在一起，或许正是她的魅力所在。

那时，人们都说大谷老师适合扮演《茶花女》中的薇奥莱塔。不过，薇奥莱塔演唱的咏叹调《啊，梦中的人儿》虽然属于女高音，却仍不同于小豆豆痴迷的、细密音符不停翻滚的花腔女高音。遗憾的是，大谷老师也不是花腔女高音。

现在回想起来，小豆豆憧憬的有花腔女高音的剧目本就寥寥无几，包含《夜之女王咏叹调》的《魔笛》正是其中之一。在当时的日本，这部歌剧还从未上演过，小豆豆无法邂逅教授花腔女高音的老师，或许也是没有办法的事。

音乐学校也有意大利语课和德语课。演唱《夜之女王咏叹调》时，德语的发音十分重要。外语方面的修养对于演唱歌剧来说是不可或缺的。

在音乐学校学习并不容易。外语课总是大家一起上，还不算太难。可学习声乐时，就会把男女生分开，再按照音高来划分，还要集齐各种乐器：钢琴、小提琴、大提琴……数起来没完没了。学校能聘来这么多课程的老师，大概也花了不少功夫。"我只要花腔女高音！"这种任性的话在音乐学校是行不通的。

可是小豆豆并没有全身心投入课程之中。老师选择的曲目和自己想唱的曲目之间，有着怎么也填不平的鸿沟，梦想与现实越来越远。这么说或许不太合适，可小豆豆总是在上课时间跑去池袋，用看电影"代替上课"，而且每次都是从教室的窗户跳出去的。

时而逃学，时而认真上课，时而接受大谷老师的指导，小豆豆过着这样的学校生活，迷茫切切实实地出现在心中。就连那些远比小豆豆唱得好的学姐也无法活跃在歌剧舞台上，只能选择结婚或成为音乐老师，又或者进入与音乐相关的公司工作。小豆豆看到了严峻的社会现实。

小豆豆有个大提琴专业的朋友。

"能把大提琴借我用一天吗？"

听到小豆豆这么拜托，那个男孩爽快地回答："可以啊。"

放学路上突然多了一件巨大的行李，小豆豆觉得帅气极了。可刚试着把琴抱起来，沉甸甸的分量就吓到了她。小豆豆回家时搭乘的山手线总是很拥挤，抱着这种东西是不可能登上满员的列车的。

真是失算了。

想是这么想，但已经没有回头路可走，小豆豆勉强坐到目黑站，换到了目蒲线。车厢里，许多人撞到大提琴。瘦巴巴的女孩抱着这么大的大提琴，怎么看都有些奇怪。

回到家，小豆豆已经筋疲力尽。这种东西果然不能用借的，但好不容易带回来，还是拉拉看吧。

家里有把椅子的高度正合适，小豆豆坐下来摆好姿势，觉得自己已经成了大提琴演奏家。

她伸出左手按了按琴弦。

好硬！

大提琴的琴弦比想象中粗硬得多。小豆豆只按了几秒，指尖便已觉得刺痛，琴弦的印迹清晰地留在了手指上。

这可不行。

试了不到三分钟，小豆豆的大提琴家之梦就破灭了。

第二天，小豆豆把琴还给了那个男孩。

"怎么样？"

"我还以为很快就能上手呢，是我太天真了。"

歌剧《魔笛》中，王子塔米诺和捕鸟人巴巴吉诺就是用有魔法的笛子和铃铛来扰乱并击退敌人的。

"能够熟练演奏乐器的人，似乎都能成为魔法师呢。"

父亲是小提琴家，自己却完全没有乐器才能的小豆豆打心眼里这么想。毕竟她从五岁就开始学习钢琴，到头来却只能演奏《踩到猫了》这类曲子。

在藤原歌剧团工作的学姐捎来消息，说歌剧导演青山圭男正在寻找《蝴蝶夫人》的公演助手。小豆豆并不了解助手的职责，但是能在现场亲眼看歌剧排练的机会不可多得，于是争取到了这份工作。青山先生知道小豆豆的爸爸是小提琴家，因此沟通起来特别顺畅。

当个歌剧导演怎么样？小豆豆喜欢歌剧，虽然年轻，但已有丰富的观剧经验。只有极少数人能在工作中活用自己的才能，而小豆豆还不知道她的才能在何处，因此多多尝试才是关键。小豆豆是这么想的。

只要青山先生询问"你怎么看"，小豆豆就会说出自己的意见。每当青山先生说"把那个拿过来"，小豆豆便会直接去拿。她四处奔走，却不知道自己是否起到了作用。《蝴蝶夫人》最终顺利上演，青山先生设计的高潮部分后来被纽约的歌剧制作公司长期沿用，收获了一批又一批观众的眼泪。这都是后话了。

小豆豆回顾了青山先生的工作内容，用一句话概括，就是"做决定"。演员的动作要这么做、衣服要这么穿，音乐要这么演奏，舞美要这么设计。虽说导演理应熟悉作品，但他的水准是旁人望尘莫及的。小豆豆心生胆怯，觉得自己无论如何都无法做到那样。

小豆豆行走在看不到出口的迷宫中。

她的才能到底在哪里呢？

在音乐学校的烦恼真不少，但有一样东西抚慰着小豆豆的心，那就是拉面。她总在午休或放学后去吃拉面，有时也会翘课去吃。

小豆豆是在进入东洋音乐学校后才对拉面产生兴趣的，她喜欢的店铺就在学校旁边。

这家拉面店名叫"宝轩"，是典型的街头中餐馆，一碗面三十五日元。在这家以手工制面为招牌的店里，小豆豆品尝到了从未有过的美味。嘎啦嘎啦——一推开店门，高汤的香气便钻入鼻腔。在柜台前坐下，还能看到店主专心致志地制作面条的过程。

粗大的竹竿咻地从墙上的洞里伸出来，下方有个擀面的台子，圆盘状的面团就放在那里。店主一只脚踩在竹竿上，这样就能对面团施加压力。他用脚后跟麻利地滚动竹竿，熟练地擀着面团。

咚、咚、咚、咚……

竹竿发出有节奏的声响，仿佛清脆悦耳的打击乐器。当面团被擀得薄薄的，几乎发出"不行，已经够薄啦！"的哀号时，店主便会将它叠起，唰唰唰地切成条。

无论是看店主做面的手艺，还是听那美味的声音，都让小豆豆欢喜。当然，她最喜欢的还是拉面的味道。小豆豆几乎每天放学都去这家店。

午休时，小豆豆还会和朋友们一起前往鬼子母神社，坐在长椅上一边吃烤红薯一边聊天。"鬼子母神"是保佑平安生育的神明，每天都有不少挺着肚子的女人前来祈祷。有母亲陪在身边的年轻妇人，也有带着好几个孩子的中年女子，似乎正在无声地告诉旁人："我又有宝宝了哦！"还有冷着脸快步走进来、拜了拜又迅速离开的女人。看到肚子圆鼓鼓的小狗从神社穿过，小豆豆和朋友们都哈哈大笑起来。

爸爸回家了

那一天到来时，爸爸离家已经五年了。一九四九年秋天，爸爸寄来了明信片："十二月末就能回到家。"全家人都欢呼雀跃。"等等，等一等！"因为是值得庆祝的事，外婆甚至叫住邮递员，想给他一份贺礼。

归航的船从西伯利亚俘虏收容所抵达面朝日本海的京都舞鹤港，爸爸他们从那里乘上火车，返回各自的故乡。舞鹤为归者的家人设置了联络所。只要把信寄到那里，爸爸就能收到，因此小豆豆赶忙写信寄往舞鹤。

"爸爸，欢迎回来，这么长时间真是辛苦了。全家人都很好，正高高兴兴地等你回家。我们在大井町线的北千束建了新的房子，位置和原来一样，而且也是一栋红屋顶、白墙壁的小房子。请快快回来吧。"

十二月末的一个早晨，附近药店的大婶赶到小豆豆家。"今早六点的新闻说，您家男主人已经回来了。"

一直滞留在西伯利亚的爸爸终于回到了家。

　　纪明已经九岁了，爸爸离开那年春天出生的妹妹真理，也在没有爸爸的环境中长到五岁。这真是一段漫长的岁月，不过滞留者的归程从一九四七年持续到了一九五六年，爸爸或许还算是回来得比较早的。

　　全家人一起来到品川站迎接，多年未见的爸爸小心翼翼地抱着小提琴盒走下了火车。

　　"豆豆助！你长大了！"

　　爸爸的模样一点儿都没变。思念与欣喜让小豆豆心里暖洋洋的。

　　那天晚上，一家人和爸爸一起有说有笑地吃了晚饭，这样的情形实在太久没有过了。吃的当然是牛排。爸爸离家前，没有进过一次厨房，可是这天吃完饭，当保姆准备收拾爸爸的盘子时，他竟然唰的一下站了起来。"不用，我自己来。"说着就开始洗盘子。

　　大家都吓了一跳。妈妈也惊讶地瞪圆了眼睛，望着爸爸收拾的样子。这似乎是在收容所养成的习惯。保姆有些为难，妈妈却笑着说："让他收拾吧，反正也就是两三天的事。"果然，一个星期不到，爸爸就变回了老样子，什么家务都不做了。

　　爸爸回家后不久，工作上的熟人便接连来访，家里格外热闹。爸爸成为东京交响乐团的首席，重新恢复了小提琴家的身份。

一切都像过去那样运转起来。只是一谈到在军队或西伯利亚的事，爸爸就会变得沉默寡言。

"爸爸在西伯利亚都做什么了呢？"

"西伯利亚很冷。零下二十度的时候，我坐着敞篷卡车，从一个收容所到另一个收容所，一直在拉小提琴。"

即使小豆豆问起，爸爸也只说了这些。大概是有些体验过于艰辛，他并不想告诉孩子。

结合妈妈从他那里听到的情况，他在西伯利亚的经历大概是这样的：

爸爸所属的部队被苏联军队解除武装，全员送至西伯利亚的收容所。最初，他们被派往煤矿劳动，环境十分恶劣，每周能吃到一顿的所谓大餐，也只是混着高粱的一点儿米饭，再加点儿腌黄瓜和臭鲱鱼。可惜，爸爸还偏不吃鱼。

采矿场也有许多普通的苏联工人，爸爸与一位大婶搭上了话。她问爸爸有没有家人，于是爸爸把一直贴身携带的家人照片拿了出来。大婶连说带比画，向爸爸表达了这样的意思："你有这么漂亮的妻子和孩子，可不能冒险从这里逃走。你要活着回去。"这给爸爸带来了莫大的激励。

一天，苏联军队的一名高官将爸爸叫了过去。

"听说你在日本是有名的小提琴家。我们想让你去收容所慰问演出。"

在滞留西伯利亚、不知何时才能回家的绝望之中，思乡之情让大家都渴望听到家乡的歌曲。爸爸得到了一把小提琴，他召集喜爱音乐的人组成慰问乐团，巡回于各个收容所之间。他们演奏《荒城之月》和《幽默曲》，获得了热烈的喝彩。有人请求演奏《东京音头》《越过山丘》等爸爸不知道的曲子时，他就会让熟悉这些歌曲的人唱上几遍，边听边把谱子写出来。乐团坐在敞篷卡车的车斗里，在零下二十度的雪原上一开就是几个小时。虽然环境严酷，但是能够参与抚慰人心的活动，爸爸还是感到十分欣慰。

在西伯利亚，面对那些咬紧牙关从事劳动的人，爸爸尽心尽力地为他们演奏想听的歌曲。回家后，爸爸曾不止一次在东京的街头被陌生人叫住："谢谢您在西伯利亚演奏的小提琴曲。"

苏联军队的高官曾劝爸爸前往莫斯科的音乐学校当老师并就此留下，爸爸表示要考虑一下。甚至有传言说日本女人都成了美军的女人，可是爸爸不相信。他最终拒绝了前往莫斯科的邀请。

因为寒冷和营养不良，许多人一病不起，爸爸能平安归来实在是万幸。如果爸爸死在西伯利亚的土地上，小豆豆要如何度过之后的人生呢？

那天和萩饼一同交给爸爸的合照，一直被他小心地收在外套胸前的口袋中。

为了成为好妈妈

当小豆豆回过神来时，东洋音乐学校的不少同学都已经找好了工作。

有人要去唱片公司，有人要成为学校的音乐老师，还有人要进入藤原歌剧团。聊起毕业后的去向，同学们的脸上都洋溢着光芒。大家不再是只会吃拉面和烤红薯的小孩子了。

日后因《舞女》走红的著名歌手三浦洸一也是他们中的一员。他已经录好唱片，准备出道。发现只有自己的未来还没有着落，小豆豆格外消沉。

一天放学路上，小豆豆在电线杆上发现了一张海报：

人偶剧《冰雪女王》公演　银座交询社大厅

哦，是在银座演出啊。人偶剧是怎么演的呢？如今电视上也能看到这种剧，大家都很熟悉，可是那时小豆豆对它一无所知。

小豆豆知道《冰雪女王》是安徒生创作的童话。她还没有看过人偶剧，"银座"二字也散发出些许吸引力。那是她和爸爸从前相约游玩的地方，充满回忆。在谏访平听过的《东京狂想曲》也让她分外怀念。她最初不太敢去，可是到了星期天下午，她还是横下心出发了。

交询社大厅里坐满了孩子。动听的音乐响起，一位身形微胖的活泼的大姐姐闪亮登场，两手分别套着男孩和女孩的人偶。鞠躬致意后，她便沉入舞台下方。台上只剩下人偶，演出终于开始了。

小豆豆微微侧身，从侧面盯着藏在舞台下的大姐姐。大姐姐双膝跪地，两手挥动人偶。她用孩子般的声音时而歌唱，时而说话，又突然从舞台一端跑到另一端，又蹦又跳，满头大汗。观众席上，孩子们探着身体，满满的好奇心全都写在笑脸上，掌声响个不停。

故事迎来高潮。当冰雪女王向男孩凯伊和女孩盖尔达下达恐怖的命令时，观众席上传来孩子们嘀嘀咕咕的声音："好可怜啊。""太过分了。"这时，一股不可思议的情绪涌上小豆豆的心头。那种感觉与观看《托斯卡》时截然不同。一种温柔的东西填满了小豆豆的内心，她觉得就像与老朋友重逢了一般。

在热烈的掌声中，人偶剧《冰雪女王》落下帷幕。

小豆豆一面朝新桥站走，一面想道：如果我也能像今天的那位大姐姐一样……但不是给大众表演，而是演给自己的孩子看，那该有多好啊。

也许是因为音乐学校的朋友们一个接一个找到了工作，小豆豆觉得，成为那时所谓的"职业女性"的梦渐渐离自己越来越远，"结婚"二字莫名其妙地亲切起来。

"要是结婚，就会生孩子。擅长打扫、洗涤、做饭的妈妈有很多，可是能演人偶剧的妈妈应该没几个。"

到家之前，小豆豆一直沉浸在幻想之中。

"如果能表演今天这样的人偶剧给孩子看当然最好，可是在哄孩子睡觉时，还需要在枕边绘声绘色地读绘本。我或许能成为那样的妈妈。没错，小豆豆我要成为擅长读绘本的妈妈！"

先结婚才能成为母亲，小豆豆却跳过了那一步，直接想象起孩子从被窝里伸出头来的模样。她仿佛听到了孩子的笑声。

人偶剧《冰雪女王》是剪影画艺术家藤城清治年轻时制作的剧目，配乐由芥川也寸志负责，担纲男声四重唱的则是尚未成为职业歌手的组合 Dark Ducks。那时的小豆豆当然不知道这些，但是毫无疑问，《冰雪女王》出色的演出成了决定小豆豆人生的关键。

小豆豆热切地向妈妈讲述了表演人偶剧的大姐姐是多么投入，孩子们又是多么兴奋，然后问妈妈：

"有没有教人怎么读绘本或表演人偶剧的地方呢？"

"这个嘛，报纸上应该有写吧。"

听到妈妈这么说，小豆豆破天荒地翻开了报纸。

> 为筹备电视节目，NHK拟招募专职演员。无需演出经验。入选者将在一年内接受顶尖教师的指导，合格者将成为NHK专职员工。招募若干名……

多巧啊！小豆豆在报纸正中间发现了 NHK 的广告，一下子来了精神。她不太清楚什么是电视节目，但是只要学会了朗读的方法，就能读好绘本，成为一个好妈妈。

小豆豆赶紧瞒着爸爸和妈妈递交了简历。

几天后，NHK 寄来了回复。"不知道录取了没有……"小豆豆撕开信封，里面是自己寄出的简历和一封信，信上写着："通知上已经写明请把简历带来，为什么还要邮寄？"太失败了！小豆豆的脑海中冒出一丝放弃的念头，可是提交简历的截止日期是两天后，还来得及。

小豆豆赶忙带上简历去紧邻日比谷公会堂的 NHK，拿到了写有"五六五五号"的卡片。竟然有这么多人应聘吗？报纸上写着"招募若干名"，这"若干名"又是指多少人呢？小豆豆琢磨着回到了家，傻乎乎地问爸爸："若干名是什么意思？"爸爸说："就是名额不定，有合适的人就可以。"

考试开始了。小豆豆通过了用"红卷纸、蓝卷纸、黄卷纸"测试语速的第一轮考试，进入第二轮。可是这时小豆豆又出现了失误。考试地点是位于御茶水的明治大学，小豆豆却去了 NHK。

还是放弃吧——小豆豆正往新桥站走，突然想起月票夹中还藏着一张千元纸币。

"用这些钱能坐到明治大学吗？"

小豆豆把纸币出示给出租车司机。

"能啊。"

"那拜托您了！"

刚到明治大学，负责考试的大叔便冲小豆豆招手："快点儿，快点儿！"虽然迟了五分钟，小豆豆还是成功钻进了举行考试的阶梯教室。

"请给上下两排中的相关事物连线。"

"卡门——乔治·比才""野口勇——雕塑家"之类是小豆豆立刻就能连上的，可是像"一九五二年播放部艺术节获奖作品"这样与演播有关的问题却很难。这类问题大约有二十道，小豆豆想都没想便问起旁边戴眼镜的男人。

"能告诉我答案吗？"

男人直视着小豆豆，一字一顿地说：

"不行。"

那是当然的。

第二部分是写出四字成语的含义，不算太难。第三部分是"写出最近收听的 NHK 广播节目"，小豆豆想起每年新年定期播放的《春之海》，那是宫城道雄与爸爸合奏的曲子。于是她在答题纸上用大字写道："宫城道雄的筝与小提琴二重奏《春之海》。"参加考试是对爸爸保密的，因此小豆豆没有写出爸爸的名字。她又加上一句："这首美妙的曲子非常适合在新年演奏。"

最后一部分是"请写出你的优点和缺点"。

终于到了能够表达自我的部分，小豆豆重新握好铅笔。她在"优点"那里毫不犹豫地写下了"率真"，这是妈妈常说的。接下来是"亲切"，小豆豆又在后面加了句"这是朋友们的评价"。

写了又擦，擦了又写，纸不知不觉有些破了。速度快的人已经交卷离开教室，那个拒绝告诉小豆豆答案的男人也说了声"再见"便走了。他或许是个好人呢，给他添乱了，小豆豆感到有些过意不去。

至于"缺点"，小豆豆打算写些只要细读就会变成优点的内容，可是想到的只有"能吃"和"散漫"。最后，她这样写道：

"也许是因为天性乐观，我十分健忘。母亲有时会问我：'我想听听你的想法。刚才你说自己失败了，哇哇大哭了好一阵子，可是现在又哈哈大笑，咔吧咔吧地吃着脆煎饼。刚才哭过的事，就一点儿影子也没留下吗？'我仔细一想，发现自己已经彻底忘了之前的事。反省和烦恼都会立刻忘掉，我想这应该也算是缺点。"

时间到了。

小豆豆仿佛被人催促般站起身。偌大的阶梯教室已经变得空空荡荡，没剩几个人了。

不知为什么，小豆豆通过了笔试。

第三轮考试前，小豆豆向妈妈汇报，表示自己正在参加 NHK 剧团演员的考试。她说自己是为了成为擅长读绘本的妈妈才参加考试的，也知道爸爸一定会反对，希望妈妈对他保密。

妈妈十分理解小豆豆的心情，小豆豆也不再是孤军奋战，内心轻松了不少。

第三轮考试是小豆豆从未接触过的哑剧，她只好模仿前面的人，结果竟然惹得考官放声大笑。第四轮考试时，考官还曾怀疑地问："你的简历上写的是声乐科，没写错吧？"对于合格，小豆豆毫无信心，却一路绿灯来到了最后的面试。

听到考官询问参加考试的动机，小豆豆说："因为我想成为好母亲。"结果换来一片笑声："你说什么呢！"

简历上的父亲一栏写着"不明"，于是有了关于爸爸的提问。

"你姓黑柳，和小提琴家黑柳先生有什么关系吗？"

"唔——"

撒谎是不行的。

"那是我父亲。"

"你跟父亲商量过了吗？"

"父亲肯定会说不要做这种不像样的工作，所以我是瞒着他来参加考试的。啊，不像样是父亲的看法。"

"你父亲不同意？"

"他肯定会说，这个圈子里骗子太多了，你不要去。"

每次小豆豆认真回答，考官们都笑个不停。

连小豆豆自己都觉得肯定无法合格了，可是就在面试后的第二天，小豆豆不在家时，NHK 的高层登门了。他向出来接待的妈妈传达了准备录用小豆豆的消息。听说他还询问"不知守纲先生能不能同意"，妈妈得体地回答了他。

真让人难以置信。小豆豆永远不会忘记这天的喜悦。

妈妈向爸爸解释得似乎十分巧妙。爸爸对小豆豆说："要是真能有机会就太好了。"

小豆豆，成为女演员

上了发条的法国娃娃

NHK 专属的东京广播电视剧团第五期学员录取考试在一九五三年二月结束。从二月一日起，NHK 开始播出电视节目，街头巷尾都在谈论"电视"。作为电视时代的第一期学员，小豆豆他们也身负众望。

多达六千人的应试者最后留下了二十八人，其中女性十七人，男性十一人。录取率只有千分之五，可这还不意味着最终合格。经过三个月的培训，最后会有若干名候选人被录用，还不是松懈的时候。"若干名"究竟是多少名，谁也不知道。二十八人满怀不安，开始学习作为广播电视演员必须具备的技能和知识。为了让已经工作的人也能参加，培训课程安排在工作日晚上的六点到九点，以及星期天上午的十点到下午三点，星期六则休息。

开学典礼这天，小豆豆他们在与 NHK 一街之隔的观光酒店里集合。用作教室的是铺着榻榻米的日式宴会厅。

二十八个人中，有不少已经参演过电影或舞台剧，虽然尚未成名，但是经验丰富。也有人在学校里学习过表演。彻头彻尾的新人恐怕只有小豆豆一个。在忐忑中，第一天的课程开始了。

一个一身西服、系着领带的人向周围打过招呼后，负责总务的工作人员说：

"这位是教授朗诵与讲故事的大冈龙男先生，在NHK文艺部工作。"

大冈先生与平时常见的那些西装革履的人不同，是位散发着温和气息的老爷爷。光溜溜的脑袋上是一顶带毛球的针织帽，搭配玳瑁圆框眼镜和棕色开衫，走起路来弯腰驼背，身体前倾，却绝对不会摔倒。

小豆豆立刻就对这位老爷爷产生了兴趣。尽管是第一次见面，他的年纪也比小豆豆大得多，可是那种无法形容的温柔举止与从容自在的态度，让小豆豆觉得他与巴学园的小林校长多少有些相似。

"算不算是班主任呢？总之，他就是照顾各位的人。"

听到工作人员如此介绍，大冈先生抬起手背掩住嘴角，像孩子一样露出腼腆的笑容。

"我可不是什么班主任，你们把我当成杂役就好。诸位能一路走到现在，真是不容易啊。"

掩在嘴角的手背胖乎乎的。他措辞谨慎得体，知识渊博又富有教养，简直是个谜一般的人物。直到四十年后，小豆豆才知道大冈先生是俳句诗人高滨虚子的门生，以写生文 ① 闻名。

往返于家和酒店之间的日子开始了。

来到用作教室的大开间，需要自己摆好桌子和坐垫，等待老师到来。香兰女校的教室就设在寺庙里，因此这种脱掉鞋子、坐在垫子上听课的形式让小豆豆感到十分怀念。小豆豆每次都坐在第一排，因为只要往后坐，肯定会和旁边的人聊起天来，这一点也和在香兰时一样。

除了大冈先生，讲授台词基础的是曾任 NHK 戏剧科科长的中川忠彦，肢体表达等演技基础则由后来成为美术部部长的佐久间茂高教授。负责语音学课程的是任教于东京大学和东京艺术大学的飒田琴次，表演艺术相关的课程则由后来出任 NHK 会长的坂本朝一主讲。踢踏舞由日本剧场的明星荻野幸久教授。观光酒店里也有剧场，踢踏舞课都是在那里上的。

当时小豆豆并不了解这样的教师阵容有多么豪华。第一周课程结束后的星期天，往新桥站走时，同行的伙伴嘟囔道：

---

① 日本的一种文体，其概念取自西方的"写生画"，即对自然中出现的事物进行客观描写，不加人为的修饰。

"要是自己把这些老师一位位请来上课，得花多少钱啊，真是无法想象。"

培训班的伙伴们都有丰富的专业知识，非常了解演艺界的情况。听到大家兴高采烈地说着"太棒了""太厉害了"，小豆豆不禁感叹："是吗，原来 NHK 这么认真啊。"

就这样培训了一个月。

"豆豆大人！"

朗读课一结束，小豆豆就被大冈先生叫住了。不知从什么时候起，他开始管小豆豆叫"豆豆大人"。

"豆豆大人说话的声音和语调，听起来简直就像上了发条的法国娃娃呢。"

哎，上了发条的法国娃娃？小豆豆不明所以，一声不吭地盯着大冈先生。大冈先生笑眯眯地继续说道：

"豆豆大人说话从来不会拖泥带水，总是活泼明快，就像一下松开拧紧的发条一样一气呵成。我想说的是这个意思，是不是有些难懂啊？呵、呵、呵。"

听到大冈先生说自己像法国娃娃，小豆豆觉得这也许是在表扬她，可"上了发条"这个说法着实有些微妙。

大冈先生有时就像个仙人，小豆豆正为他的话摸不着头脑，他却像变戏法一样消失了。他只给小豆豆留下谜语般的话，唰一下不见了踪影。

话说回来，大冈先生只管小豆豆一个学生叫"大人"。每当小豆豆在休息时间给大家表演刚刚记住的落语时，大冈先生总会站在远处笑着观看。小豆豆一直觉得，大冈先生似乎格外关注她。

奇怪的声音

"今天，请大家听听自己的声音。"

三个月的培训进入尾声时，大冈先生笑眯眯地说。

每个人依次用磁带录音机录下自己的声音，然后听听看。当然，对于二十八个人来说，这都是人生的第一次。

刚开始播出电视节目时，NHK 共签订了八百六十六份收看协议，即使按照五口之家看一台电视来计算，全日本的观看人数也只有四五千。放在今天这是令人难以置信的数字，但要知道在那个时代，就连录音机也只能在NHK 和为数不多的几家媒体找到，非常贵重。

听听自己的声音！小豆豆他们冲出观光酒店的日式宴会厅，穿过马路，奔向 NHK 的第五演播室。自从考完试后，他们还是第一次来到这里。此前是来参加唱歌考试的，这次则是要朗读台词。

一名妾室对丈夫的态度感到不满，于是责问对方，小豆豆等女学员从大冈先生手里拿到的是这样一份台词，需要喋喋不休地一口气说完。

　　大家一个接一个录音。每到这种时候，小豆豆都肯定是最后一个，因为只要她出场，就一定会出问题。大冈先生看在眼里，于是决定当所有人面对同一课题时，要从能够树立典范的学员开始。

　　全员完成录音后，按照顺序播放，大家一边议论一边聆听。最后终于轮到小豆豆了。

　　"黑柳彻子。"

　　最开始听到的是自己的名字。带着浓重的鼻音，甜腻腻的，一点儿都不招人喜欢。小豆豆觉得不可思议，怎么都不相信这是自己的声音。她大叫起来：

　　"不好意思——机器坏了，请让我重录。"

　　玻璃窗另一侧的混音师断然否定：

　　"机器没坏，这就是你的声音。"

　　小豆豆陷入了混乱。

　　"我的声音没有这么奇怪，NHK 的机器绝对坏了。"

　　无论怎么解释，混音师都只有一句话："这就是你的声音。"

　　这种声音可不能播出来！想到大冈先生形容这种声音"像上了发条的法国娃娃在说话"，小豆豆难过起来，当着伙伴们、大冈先生和混音师的面号啕大哭。

混音师的声音温和了一些：

"自己的耳朵听到的声音和实际的声音，是不一样的。因为自己的耳朵听到的，是口腔和大脑内部共鸣的声音。"

混音师亲切地重新播放了小豆豆的声音，小豆豆哭得更凶了。

"不是这种声音，不是这种奇怪的声音。"

小豆豆哭了一整天。她不但被自己的声音吓哭了，而且一想到她肯定无法留在"若干名"中、马上就要和大家道别，眼泪就更止不住了。

培训班的二十八名伙伴转眼间就变得亲密无间，组成了"蛋之会"。几天后，全部课程结束，到了确定"若干名"的时候。大家决定哪怕只有一个人落选，合格的学员也要团结起来罢工抗议："必须录用所有学员。"为期三个月的第一轮培训告一段落，最后一天，众人在新桥车站前道别起誓："一言为定啊。""一言为定。"

几天后，通知"合格"的明信片速递到了家里！仅仅在 NHK 待了三个月，经历却着实丰富。小豆豆在感慨中度过了那一天。她当然高兴，可是她的初衷是成为擅长读绘本的妈妈。现在，她竟然一脚踏进了电视这一全新的世界，她怎么也不敢相信。

三天后，十七名合格者来到观光酒店集合。"还能见面真是太好了。"但留给他们分享喜悦的时间就只有这么一会儿，一年内的第二轮培训开始了。

　　由于合格通知是以明信片的形式寄出的，罢工抗议最终不了了之。许多年后，小豆豆仍然对当时没有遵守约定感到抱歉。而从那以后，小豆豆再也没有见过未合格的"若干名"。

　　"豆豆大人！"

　　小豆豆正走在走廊里，背后传来了熟悉的声音，是大冈先生。她回头一看，大冈先生像往常一样跑上前来，用手掩住嘴问：

　　"你知道你为什么被选上吗？"

　　问题过于唐突，小豆豆吓得只能回答"我不知道"。大冈先生"呵、呵、呵"地发出愉快的笑声：

　　"最让我感慨的，是在培训期间，只有豆豆大人你没有迟到，也没有缺席。我负责了第一期和第四期的培训，还是第一次遇到不迟到、不缺席的学员。你的热情很了不起。你的考试分数确实不怎么好看，可是考官们说：'她竟然对演技一无所知，就像一张白纸。正因如此，她或许才能毫无杂念地投身电视这一全新领域。'也就是说，你像一张吸水的纸呢。就让我们录取一个纯净无垢的孩子，与电视一起打开新天地吧——考官们都是这么想的哦。你是无色透明的！这一点最棒了。"

小豆豆正想问"无色透明"是什么意思，大冈老师又像变戏法一样消失了。

成绩果然不好啊。小豆豆从没想过自己会因为才能或相貌被录取，但是至少该有戏剧表演方面的因素吧……

无色透明——

小豆豆张着嘴，到处寻找大冈先生的身影。

"豆豆大人，你要去哪边？"

第二次培训，最前面依旧是小豆豆的指定席位。

教师阵容更加豪华了，演员兼导演的青山杉作、艺术论学者池田弥三郎和日本舞艺术家西崎绿等人也加入进来。

小豆豆看过青山先生出演的电影，也知道他是剧团"演员座"的创立者。青山先生管小豆豆叫"女团长"，说这个称呼非常适合她。这让小豆豆想起了诹访平的女团长，她不禁心头一紧。自己就这么适合当女团长吗？

课堂上，青山先生会使用节拍器来控制台词的节奏。看到节拍器，小豆豆便条件反射般想到了爸爸的小提琴课。她能理解音乐中要使用节拍器，却认为念台词不应该依赖机器，而是要根据角色的情绪来表达。

NHK 的课程结束后，小豆豆他们每周会上三节获野先生的私人踢踏舞课。对小豆豆来说，踢踏舞的速成秘诀是将老师的舞步转化为"踢里噔踏踢里踏，踢里踏踢里踢踏"的调子，像哼唱三味线那样记住它。

小豆豆还曾担任"彩色电视试播模特"。她兴冲冲地来到位于世田谷区砧町的 NHK 研究所，结果右脸被涂成紫色，左脸被涂成白色。

"请像这样一直坐在摄像机前。"小豆豆听到指令，试着请求道："能不能至少给我涂成粉红色？"技术人员并没有答应，只说："今天是紫色的日子。"听说是要当彩色电视的模特，小豆豆才兴冲冲地赶过来的，结果却变成了斑马，在摄像机前坐了一整天。

一九五四年四月，小豆豆他们正式被录用，成为 NHK 专属的东京广播电视剧团第五期成员。从这一天起，本想成为母亲的小豆豆当上了女演员。

NHK 剧团的新人首先要承担"乌央乌央"的工作。所谓乌央乌央，简单来说就是"大量背景音"。加入 NHK 剧团的小豆豆第一次正式在节目中担纲乌央乌央，和同期成员一起走进了演播室。

那里竟然是超人气广播剧《你的名字》的录制现场。这部风靡一时的广播剧在每周四晚上八点半直播，是一部通俗的情节剧。故事始于东京大轰炸的夜晚，互不相识的真知子和春树在银座相遇了。那时大家为了收听这部剧，女澡堂里总是空无一人，这件事被人们津津乐道。得知演唱主题曲的竟然是在东洋音乐学校教授自己声乐的高柳二叶女士，小豆豆惊讶不已。

"给。"台本每人一册，但上面并没有写明乌央乌央的台词，演员必须根据剧情自行思考创作。

主角真知子和春树正在街边交谈，一个男人倒在了附近。由于是广播剧，这里要加入"啪嗒"的音效，站在麦克风前的真知子和春树则要说出"哎呀""怎么了"之类的台词。与此同时，乌央乌央们开始窃窃私语："怎么了？""死了吗？""还是叫救护车比较好吧？"目的在于烘托出有人倒地的真实感。

这是小豆豆他们第一次负责乌央乌央的工作，饰演真知子和春树的演员也参与进来，为他们做特训。

玻璃窗另一侧的导演发出"演出开始"的信号，小豆豆他们这些第五期成员便在八十厘米开外的地方围住两位主演，纷纷说出自己创作的台词。

扩音器中传来导演的声音：

"这是哪位啊？只有一个人的声音特别突出。小声些。再来一遍。"

大家按照指示又说了一遍，扩音器再次响起：

"那位穿长裙的小姐——"

好像是指小豆豆。

"你啊，你的声音太突出了。"

如果自己在街头遇到倒下的人，会说出怎样的话呢？小豆豆根据推想决定了台词的呈现方式。明明那个人可能已经死了，自己却还要压低声音问"怎么了"，小豆豆可做不到。她觉得还是大喊"怎么了"比较合适。

"你啊，要比大家……这样吧，你退后三米。"

刚才还是八十厘米，现在又要再退三米。

小豆豆没办法，只能用更大的声音喊："你怎么了？"转脸看向玻璃窗那一头，正在调整音量的混音师捂着耳朵蹦了起来。

"小姐！你就那样一直往后退，退到门边再试试。"

看到导演指向演播室的门，小豆豆垂头丧气地走了过去。已经离同期成员有十多米远了，小豆豆只好声嘶力竭地喊："你怎么了——？"

导演走进来对小豆豆说：

"负责乌央乌央的演员如果声音很大，听众就会以为这人是个特别的角色，之后还会登场。乌央乌央不能给人留下深刻的印象，也就是说，不能穿透其他背景音……这位小姐，你今天还是回去吧，我会给你开凭单的。"

剧团成员只要承担了某项工作，导演就会记下工作的时间、地点和节目名称，以材料的形式贴在剧团的房间里，这就是凭单。剧团成员签字后提交给总务人员，对方便会按小时计算金额并发放工资。工作没做完便被要求离开，这样是没有收入的，所以这位导演可以说是非常友善了。顺便一提，当时小豆豆的演出费是一小时五十九日元。由于是在 NHK 接受培训，工资十分微薄。

然而，比起收入，被迫独自离场更让小豆豆感到伤心。

小豆豆在演播室外的长椅上等待其他人收工。至少要和大家一起走回新桥站，而且此前还约好要一起吃红豆圆子汤。

自那以后，无论是去哪个节目的演播室，无论遇到哪位导演，只要到了乌央乌央的阶段，导演就一定会对小豆豆说：

"小姐，你回去就好，我会给你开凭单的。"

还有更过分的时候：

"哎呀，你怎么来了？回去吧，凭单会开的。"

那天也一样。小豆豆坐在演播室外的长椅上，一边读书一边等待大家收工。就在这时，大冈先生又变戏法般突然出现了。

他往长椅上一歪，像往常一样用手背掩住嘴角。

"豆豆大人，今天是哪边的工作？"

他问道。

"是在笠置静子女士的节目里担任乌央乌央，不过他们只会给我开凭单，不让我演。"

在这个节目里，负责乌央乌央的演员要扮演的是路人。笠置静子女士穿着长裙站在商业街的布景中。当她演唱以"今天从早上起"为开头的《购物舞曲》时，小豆豆要贴着她的身后走过。小豆豆得尽力不去看正在唱"我可真是无话可说"的笠原女士，还得表现出轻松愉快的感觉。可有人在路中央唱歌实在太有意思了，小豆豆便目不转睛地边看边走，结果演播室上方传来声音：

"别盯着看！"

小豆豆很想反驳：你要是见到有人在鱼店前面唱歌，难道不会看上几眼吗？

"唰的一下走过去，唰的一下。"

不只是身上的洋装，小豆豆的各个方面似乎都太过显眼，不符合要求。她按照指令快速走过，可是上面又传来了声音：

"电视画面很窄，如果走太快，看起来就会像是一道黑影穿过去！"

"是。"

小豆豆慢慢悠悠，试着像哑剧演员马塞尔·马索那样用慢动作前进。

"不是让你演忍者！"

"是。"

"你今天就回去吧，凭单会开的。"

小豆豆讲了事情的来龙去脉。大冈先生并未追问下去，但是也没有鼓励小豆豆，只是"呵、呵、呵"地笑。

"豆豆大人，你在看什么书呢？"

大冈先生说着，瞥了一眼小豆豆手中还没读完的书的封面，便翩然消失了。

从接受培训开始，小豆豆就听了无数次"不用了""你那个性给我收敛点儿"之类的话，独自等候其他同期成员也是常有的事。

每到这种时候，能够带来安慰的一定是大冈先生。无论在哪里擦肩而过，无论一天中相遇多少次，大冈先生一定会主动打招呼："豆豆大人，你要去哪边？"

不管是在走廊上、电梯里还是厕所前，大冈先生都会问一样的话。即使在小豆豆正式成为 NHK 剧团的成员后，大冈先生也会突然冒出来问："豆豆大人，你要去哪边？"只要见到他，小豆豆就会感到"有人正好好地看着我、关心着我"。他真是一位鼓舞人心的、魔法师般的老师。

多亏了大冈先生，无论挨了什么样的批评，哪怕是角色被撤换，小豆豆也从未对自己的能力感到灰心。虽然有些轻率，但她想着"我还是个新人呢，而且只想成为擅长读绘本的妈妈"，就这样接受了一切。不过话说回来，小豆豆确实很不擅长乌央乌央。

流泪的读书室

那一天的悲伤与不甘，小豆豆一辈子也忘不了。

小豆豆结束了广播节目中的乌央乌央工作，走出第一演播室时，一位前辈叫住了她。他是剧团第一期成员，在刚才的演播室里担任主演。

"我有些话想跟你说。读书室正好空着，就在这里吧。"

前辈语气生硬地说道，随即打开演播室前方读书室的门，大步走了进去。小豆豆有种不祥的预感，但是前辈那么说，她也只能跟在后面。

读书室里空荡荡的，有些昏暗。前辈满脸通红，眼镜的镜片反着光。小豆豆以为要坐下说话，他却站在原地，突然发问道：

"你那台词也算日语？"

为了不让他察觉到自己内心的恐惧，小豆豆小心翼翼地问：

"我的日语有什么奇怪的地方吗？"

"全都很奇怪！就没有不奇怪的地方！"

小豆豆不知道该怎么回应才好。

小豆豆心里明白，自己的说话方式和 NHK 剧团的所有成员都不同。可是，那是因为她的语速还有负责乌央乌央时的音量和别人不同，而不是她的日语有什么问题。

"语速太快了！""声音太大了！"小豆豆当然挨过导演的训斥。大家都明白演广播剧应该使用怎样的语速，可是小豆豆怎么也把握不好。她平时说话就比别人快，这样当然行不通。音量也是一样，尽管导演要求大家轻声细气或兴高采烈，可小豆豆自己的想法总会占上风，"要是我的话，我会这么说"，所以她怎么也控制不好音量。

然而，面前的前辈却认为，小豆豆连日语都说得很奇怪。

"你该不会是在模仿中村芽衣子吧？"

前辈追问低着头的小豆豆。说到中村芽衣子，那可是战前就以童星身份活跃的女演员。虽然对演艺界不熟悉，小豆豆也听过她的大名。可小豆豆并没有在广播中听过芽衣子女士的声音，和她一起登台也是后来的事，因此对她的说话方式毫不了解。就算了解，小豆豆也觉得模仿别人是很丢脸的。

于是，小豆豆对前辈喊道：

"我才没有模仿别人！"

原本气势汹汹的前辈脸上闪过一丝怯懦。

"最晚明天，全都给我改过来。"

他扔下这句话，粗鲁地打开门，咚咚咚地走出了读书室。

一直以来，小豆豆从不同的前辈那里听到过各种各样的言论。可说她是在"模仿某个人"简直是无法忍受的屈辱。巴学园的小林校长那句"你真是一个好孩子"也好，妈妈口中的"率真就是你的优点"也好，这些评价全都被否定了。加入 NHK 剧团以来，这是小豆豆第一次哭，也是最后一次。

小豆豆一个人待在读书室里，流着泪一个劲儿地捶打水泥墙。拳头麻了就换成脚，咚咚咚地踢着墙壁。悲伤、不甘、愤怒……各种各样的情绪涌上心头，要是不这样发泄出来，小豆豆就没法平静。

不知过了多久，太阳悄然落山了。读书室里一片漆黑，空气也清冷起来。伙伴们应该都走了，不会有人看到自己这张哭肿的脸。

"我才没有模仿别人！"

小豆豆又说了一遍，眼泪还流个不停。

遭受前辈言语打击的小豆豆还不知道，NHK 正在筹备面向儿童的广播剧，一档全新的大型节目即将登场。

《阿杨、阿宁、阿东》

"听说这里有选秀,到底是怎么回事啊?"

小豆豆他们赶到第二演播室时,发现不仅有同期成员,还有来自"文学座"等连小豆豆也熟知的剧团的女演员,以及以个人名义前来的人。总之,会聚一堂的都是实力派。

"这是要干什么?"

那是在给广播剧《阿杨、阿宁、阿东》选拔声音演员。NHK 的工作人员表示,他们想制作一档大人和孩子都喜欢的新节目,为此准备开展第一轮选秀。如今大家都知道选秀是什么,可是在当时,这个词对每个人来说都很陌生。

"大人和孩子都喜欢……"

小豆豆怦然心动。她想成为擅长读绘本的妈妈,这个节目正合适。

小豆豆甚至觉得，这次选秀或许就是为她举办的！

《阿杨、阿宁、阿东》讲的是三只白色小猴子的故事。

他们是印度国王送给中国皇帝的礼物。乘船来到中国后，为了回到父母身边，他们踏上了返回故乡的冒险之旅。这是一部充满歌声和欢乐梦想的广播剧。在那之前，许多剧目都以战争为背景，总是少不了孩子失去家人的情节。此时的NHK下定决心，要制作积极明快的新节目。

如今儿童的声音通常由成年女演员来演绎，但在当时的广播剧中，都是由孩子录制的，NHK甚至为此成立了东京广播电视儿童剧团。给《阿杨、阿宁、阿东》创作剧本的剧作家看到孩子们在演播室里熬到很晚，只能趁录制的间隙做作业，感到于心不忍。此外，这部作品里还有唱歌的片段，要孩子们拿到谱子就立刻唱出来是不可能的。就这样，NHK决定举办有史以来最大规模的选拔，发掘可以同时演绎大人和孩子声音的人。

在会场上，大家拿到了大约两页的台词和歌谱。为了不让评委们看到参选者的面孔，保证公平性，小豆豆她们和评委席之间还摆上了屏风。许多参选者都有经验，选拔进行得还算顺利。但也有几个人为难地表示自己不识谱，小豆豆便为她们做了些讲解。在音乐学校学的东西竟然在这里派上了用场，小豆豆还真是没想到。

"请你扮演阿东。"

轮到小豆豆了。阿东是年纪最小的猴子，于是小豆豆尽量发出小男孩的声音。

其他人或是扮演阿杨，或是扮演阿宁，甚至中途还会换角色。但小豆豆即便是和别人组队读台本，也总会被要求扮演阿东。

评选过程中，几十名参选者不停变换分组。结束的通知声响起后，大家都待在原地等结果。宽敞的演播室里，每个人看起来都忐忑不安。就这样过了大约十分钟，工作人员拿着一张纸走了进来。

名字是从阿杨开始念的。

"阿杨，文学座宫内顺子女士。"

"阿宁，文学座西仲间幸子女士。"

"阿东，NHK 剧团黑柳彻子女士。"

哎，合格了？

小豆豆条件反射般站起身。乌央乌央都做不好、台词也说得不像样的小豆豆，真的合格了？

第五期的成员们纷纷跑到她身边。"恭喜你！""太好了！"可小豆豆觉得眼前的一切太不真实了。

"合格的三位请到这边来。"工作人员为她们介绍剧作家和作曲家，小豆豆感到更不好意思了。

希望他们不会对这个选择后悔……

如果像往常一样被换掉该怎么办……

比起喜悦，涌上小豆豆心头的更多是不安和困惑。

"这位是剧作家饭泽匡先生。"

西装、领带、眼镜、大背头，一副知识分子的打扮。小豆豆行过礼，慌忙开口：

"我的日语说得很奇怪，我会改的。歌也唱得不好，我会好好学的。我也会注意收敛个性。还有说话的方式，也会认真调整的……"

饭泽先生眯起镜片后的眼睛，笑呵呵地说：

"千万别改，你现在的说话方式就很好，一点儿也不奇怪。听好了，不用改哦。保持现在的样子就好。这就是你的个性，也是我们需要的。没问题的！不用担心。"

哎，可以吗？

真的可以保持现在的样子吗？

听到这些话时，小豆豆阴云密布的心仿佛一下子放晴了。一次次被换掉角色，不断听到"你回去吧"，这是小豆豆第一次遇到认可自己个性的人，而这件事恰恰发生在剧团前辈训斥她后不久。如果没有遇到饭泽先生，小豆豆或许就不会留在 NHK 了。

大冈先生当然也在选秀现场。他凑到小豆豆耳边说：

"一听到豆豆大人的声音，作曲家服部正先生立刻说：

'这就是阿东，和想象中的一模一样。'当时我就想，肯定会选你来演阿东。饭泽先生也赞不绝口，说你的声音很有特色，是日本的广播电视剧团里从未有过的类型。"

大冈先生又介绍道，饭泽先生是世界上第一个报道原子弹受害者惨状的记者。那时他是朝日新闻社《朝日画报》的主编，偷偷保存了广岛原子弹爆炸不久后的照片，并在盟军结束占领的那年八月六日公之于众。通过《朝日画报》，人们第一次了解到广岛的实情，也第一次认识到原子弹有多恐怖。那期杂志不停加印，据说忙坏了印刷工人。《阿杨、阿宁、阿东》举办选秀的这一年，饭泽先生为了专注于剧作家的工作，刚刚从朝日新闻社辞职。

"饭泽先生很新潮，乍一看也很温柔，但他是个会坚持自己信念的强大的人。"

最后，大冈先生又补充了一句：

"豆豆大人出道的作品由饭泽先生负责，真是太好了。"

是啊，大冈先生说得没错。"保持现在的样子就好。""没问题的！"快要失去自信的小豆豆，能和如此坚定地说出这些话的饭泽先生一起工作，真是太好了。

这些话和巴学园的小林校长那句"你真是一个好孩子"一起，一直支撑着小豆豆后来的人生。

工作与结婚

《阿杨、阿宁、阿东》获得了全国小朋友的热烈支持。如果说《你的名字》是成人广播剧的代表作，那么《阿杨、阿宁、阿东》无疑是儿童广播剧中的佼佼者。节目在一九五四年四月开播，原计划只播半年，最后却持续了三年，一直到一九五七年的三月。

一开始，为阿杨和阿宁配音的都是文学座的演员，但她们由于参加全国巡演、怀孕等情况未能继续，中途改由里见京子、横山道代分别扮演这两个角色。她们俩都是和小豆豆同期的 NHK 剧团成员。

在节目播出的第一年，三只小白猴都由大人配音这件事是保密的。每周节目结束时，播音员都会这样说：

"登场演员：阿杨、阿宁、阿东。旁白：长冈辉子……"

为什么要保密呢？"不必戳破幕后的事，不能破坏孩子们的梦。"饭泽先生是这么考虑的。

起初 NHK 反对让大人出演，可饭泽先生认为肯定有能够演绎好童声的女演员，于是提出了这一方案。

"让孩子们在演播室里待到那么晚可不好。如果你们不同意让成年女性参演，我就退出剧组。"

进行大规模选拔这件事也是饭泽先生拍板的。如今在西方电影和动画中，小男孩由成年女演员来配音已经是常态。可对那时的电视广播界来说，让大人来演绎孩子的声音是颠覆常识的。

"扮演阿杨、阿宁和阿东的其实不是孩子，而是 NHK 东京广播电视剧团的三位演员。"

节目播出一年后，NHK 公布了这个信息。在 NHK 看来，节目大受好评，明年又是猴年，正需要媒体鼎力宣传。这个决定非常成功，报纸杂志开始争相采访扮演阿杨、阿宁和阿东的里见京子、横山道代和小豆豆。三人在日比谷公园接受了采访，还被带到上野动物园。摄影师甚至专程前往北千束，到小豆豆家给她拍照片。

以《周刊朝日》为例，这本杂志刊登了三人的照片，并配上了这样的文章：

"闪斯拉"一词风靡电视广播界。这是"哥斯拉"的变体。

NHK声优进修班（原文如此）的第五期成员在电

208

视广播界闪闪发光，这个词因此流行起来。本文提到的三位姑娘，正是"闪斯拉"的代表人物。

相比于她们的艺名，大家更熟悉的是饭泽匡作品中的"阿杨、阿宁、阿东"。她们正是因此受到大众的关注。

"闪斯拉"的特点与电视紧密关联。她们不仅需要说好台词，还要能歌善舞，容貌美丑也……

她们的演绎十分纯粹，带给人鲜活的感受。但近来也有人认为她们沾染了艺人的气息。希望她们不要失去那份纯粹。

里见阿杨——爱称Soyo。身高五尺二寸，体重十二贯。

横山阿宁——爱称Yoko。身高五尺三寸，体重十二贯五百。

黑柳阿东——爱称Chuck。身高五尺二寸，体重十二贯。

所谓"爱称Chuck"，并不是要给小豆豆那总是说个不停的嘴拉上拉链。在NHK剧团的朗诵考试中，小豆豆选择了芥川龙之介的《河童》。登场的众多河童里，有一个名叫"Chuck"的，总是"chuck chuck、chuck chuck"地说话，十分有趣。小豆豆老是模仿他，不知不觉间，大家就都叫她"Chuck"了。

报道里的什么"容貌美丑"啊,"十二贯"啊,现在读起来让人觉得很不礼貌,不过那时的媒体就是如此。关于三人的采访报道铺天盖地。

其实,那时小豆豆刚经历了人生中第三次相亲,对方是一名脑外科医生。小豆豆正认真地考虑结婚的事,也曾与父母商量:"我在想,结婚也不是不行。"

虽然同意小豆豆进入 NHK 从事演艺工作,但爸爸心底似乎还是更希望她结婚成家。比起走入社会投身工作,当时大多数女性都会选择结婚并回归家庭。爸爸的想法也不例外,觉得这样会更幸福。

小豆豆正在一步步走向婚姻。

"你要是结婚了,我就不能再给你做那么多衣服了。"

自由之丘有一家妈妈心仪的洋装店。她去店里一口气为小豆豆定做了四件大衣。小豆豆最喜欢的是一件采用"公主线"剪裁的粉色大衣,领口镶着毛皮,袖子上还点缀着黑色的天鹅绒。不过到头来,小豆豆并没有结婚。虽然那个人挺好的,可小豆豆开始意识到,没有恋爱就结婚真是太遗憾了。

后来有一阵子,妈妈每次看到小豆豆穿着那件大衣出门,都会嘟囔一句:"啊,结婚骗子!"

小豆豆并不渴望结婚，但"成为擅长读绘本的妈妈"这个想法始终没有改变。

可能是因为这一点，每次工作到很晚时，小豆豆都会和大家说：

"已经很晚了，我先告辞了，祝各位晚安。"

听到这句话，大家总是哑口无言。

"什么嘛，'很晚了，先告辞了'，怎么能从专业演员嘴里说出这种话？你要去哪里啊？"

"我很困了，要回家睡觉。"

即使NHK想把小豆豆捧成"电视女演员第一人"，小豆豆本人的专业意识也就这么点儿了。

不过，得益于《阿杨、阿宁、阿东》的成功，小豆豆的工作一下子多了起来。她在儿童人偶剧《蔬果村与胡桃树》（一九五六至一九六四年）里饰演"花生佩可"，担任科学节目《问号剧场》（一九五七至一九六一年）的主持人"问号姐姐"，还在全龄广播剧《一丁目一番地》（一九五七至一九六四年）里饰演冴子小姐……每个节目都大受欢迎，小豆豆忙碌而快乐地投身于工作中。

也就在这个时候，小豆豆收到邀请：在那档跨年夜播出的音乐节目中担任主持人。

"是妹妹还是弟弟？"

　　小豆豆成了"红白歌会"的主持人。那不过是她成为 NHK 的专职女演员的第五年。

　　如今红白歌会早已是家喻户晓的国民级节目，但过去是什么样的呢？第一届红白歌会在一九五一年一月三日的晚上八点播出，时长一小时，属于特别节目，红队和白队各有七名歌手出场。那时还没有电视节目，歌会是在 NHK 的演播室里举办的，通过电台直播。

　　一九五三年二月，NHK 开始播放电视节目。这年八月，民营广播电视公司制作的节目也登上荧屏。音乐节目是收视率的重要支柱，因此面对即将于次年一月举办的第四届红白歌会，NHK 决定"通过电台和电视同时直播"，计划将场地移到剧场里。可是人气歌手们早已预订了一月份的各大剧场，NHK 无奈只能把红白歌会的时间改到跨年夜。

到了一九五五年前后，许多民营电视台也开始竞相在跨年夜转播剧场里的音乐节目。不过，那时当红的歌手们还没有那么重视红白歌会，不少人都在 NHK 和民营电视台之间两头跑。

在这样的时代里，第九届红白歌会于一九五八年拉开帷幕。

对于担任主持人的小豆豆来说，红白歌会也是她的大舞台，毕竟她是"史上最年轻的主持人"。可那时的音乐节目不像现在这么丰富，小豆豆的工作又很繁忙，她没有机会好好看一看同类节目，所以许多歌手的长相和名字她都对不上。

把主持人的工作交给小豆豆，真的没问题吗？不过，看到为她量身定做的金色连衣裙，小豆豆又"啊——"地雀跃起来。这件礼服领口敞开，腰部紧收，裙摆就像圆鼓鼓的气球。裙子长度及膝，所以活动起来很方便，即使在舞台上跑来跑去也没什么问题。

本届红白歌会在前年刚落成的新宿 KOMA 剧场举行。其他电视台也有新年音乐节目。日本电视台的节目是在有乐町的日本剧场录制，KR 电视台（现在的 TBS 电视台）则是在日比谷的东京宝塚剧场。几乎所有参加红白歌会的歌手都是两头跑，先参加其他电视台的节目，再赶到新宿

KOMA 剧场。

当时有个非常流行的词叫"神风出租车"。上世纪五六十年代，交通拥堵越发严重，这个词指的就是那些无视红绿灯和限速要求、开得风驰电掣的出租车。要是那时也有年度流行语评选大赛的话，"神风出租车"一定会入选的。

那些辗转于民营电视台节目和红白歌会的歌手也同样风驰电掣，因此被称为"神风艺人"。不过，开车时不顾红绿灯和车速实在太危险了，因此歌手们从有乐町或日比谷去往新宿的歌舞伎町时，一路上都有警方的巡逻车和摩托车开路。

竟然还有这种事？没错，那个时候就是如此！

"我们发誓，将秉承运动员精神，堂堂正正，战斗到击倒对手的那一刻。一九五八年十二月三十一日，第九届红白歌会，出场选手代表，黑柳彻子。"

红白歌会是从小豆豆的宣誓开始的，这段声音至今仍然保存在 NHK。

白队由冈本敦郎率先登场，接着是小坂一也、三波春夫、弗兰克·永井、Dick Mine、Dark Ducks 组合和春日八郎等人，压轴的则是连续两年登场的三桥美智也。小豆豆在东洋音乐学校时的同学三浦光一也在其中。红队由松岛诗子、雪村泉、江利智惠美、越路吹雪、佩姬叶山、淡谷法子和岛仓千代子等人组成，压轴的美空云雀也同样是连续两年登场。

红白两队各有二十五名（组）歌手，众人在年终为观众奉上了华丽盛大的演出。节目中有歌唱表演，有助演环节，还请来了评委，已经形成了如今红白歌会的雏形。但与现在最大的不同是，那时几乎没有台本。当连轴转的歌手到达现场时，也没有导演将信息实时传达给主持人。

就连站在舞台上的小豆豆也能听到为歌手开路的警笛声。不一会儿，在 KOMA 剧场停车廊等候的工作人员便会朝舞台旁的同伴大喊：

"来了个女的！"

"又来了个男的！"

歌手们都比预计的来得要晚。毕竟是一年的最后一夜，道路拥挤不堪。等他们好不容易赶到剧场，后台也是人来人往，工作人员只能判断出来者是男是女。

或许是现场过于混乱，小豆豆在前半场就出现了重大失误，把松岛诗子介绍成了渡边滨子。

在小豆豆介绍曲目时，松岛女士伴着前奏走向固定在舞台中央的麦克风。一到地方，松岛女士就得立刻开始演唱，根本没有时间更正。

"你弄错了，这是松岛诗子女士，最后要更正一下！"

听到工作人员这么说，等松岛女士唱完后，小豆豆赶忙面向麦克风，向大家鞠躬致歉："对不起，刚才演唱的是松岛诗子女士！"

虽然一片混乱，小豆豆也还是有能够对上号的歌手，那就是香颂歌手淡谷法子。哪怕她在昏暗中悄然登场，小豆豆也能"啊"一声迅速认出来。淡谷女士毕业于东洋音乐学校，是妈妈和小豆豆的前辈。她和妈妈关系很好，经常来家里玩。

到小豆豆家做客时，淡谷女士总是素面朝天，翩翩然独自出现。她在桌子上摊开化妆品，一边说着"必须让眼睛的存在感变强"，一边画出好几层眼线，再粘上假睫毛。当然，红白歌会上的淡谷女士也化着完美的妆，而小豆豆也终于可以冷静地介绍："接下来由淡谷法子女士带来歌曲——《玫瑰人生》，*La Vie en rose*！"

白队的主持人是高桥圭三。他已经连续六年登场，是一位临危不乱的出色的主持人。可是到了助演环节，却发生了放到现在难以想象的事——接下来没有能登台的歌手了！工作人员把这个消息告诉圭三先生和小豆豆时，两人简直冷汗直流！

为白队助阵的人已经扮成武士的模样站在台上了。

必须争取时间！

这时，小豆豆发现有小狗一同登台。她连忙接过圭三先生的话，靠近那只小狗，将麦克风递到它的鼻子前。

"你是妹妹还是弟弟呢？"

小狗露出了疑惑的表情。

"如果是妹妹，能给红队加加油吗？"

现场立刻爆发出一片笑声。

在潮水般的掌声中，传来了"来了个女的"的喊声，小豆豆和圭三先生不禁松了口气。

乱成一锅粥的直播终于结束了。NHK演艺部的负责人对小豆豆说："竟然问起狗的性别来，可真有你的啊！"

从这时起，到二〇一五年的第六十六届红白歌会，小豆豆共六次担任主持人。第一次虽然主持得乱糟糟的，但好在最终红队取得了胜利。小豆豆将经验化为动力，此后一直用心地支持每一位出场的歌手。

看到初次登上歌会的中森明菜紧张而投入地唱着《禁区》，小豆豆就想，等她唱完后一定要送上鼓励。小豆豆搂着她的肩膀，向她表达了感激："膝盖明明那么疼，你还忍着痛为我们唱完了这首歌。"那时中森女士害羞的笑容，小豆豆永远无法忘记。

每位歌手的演出服都富有巧思，了解到这一点后，小豆豆认为应该在报幕时一并介绍，于是采访了红队的每一位歌手。当岛仓千代子演唱《世间花》时，小豆豆是这样介绍的：

"今天，这首二十七年前的热门歌曲首次登上红白歌会的舞台。也请大家留意岛仓女士所穿的和服，通过漆绘和金银丝线刺绣展现的，正是元禄时代匠人们的生活。接下来，有请岛仓千代子女士为我们带来这首《世间花》。"

与此同时，摄像师默契地拉近镜头，将和服下摆上华美的刺绣展现在人们面前。

小豆豆还有过这样大胆的尝试——

如果在红白歌会的舞台上使用手语，会怎么样呢? 见到小豆豆用手语说话，孩子们就能了解原来耳朵听不见的人也可以用手交谈，这该多好啊! 想到这点，小豆豆开始寻找使用手语的机会。

小豆豆曾邀请美国的聋人剧团赴日，将他们的手语翻译成日本手语后，一起登台演出。这段经历让她觉得应该将手语运用到更多场合。可是，如果小豆豆在电视节目中使用手语，摄像机就必须给她单独的特写镜头，她也没法拿着麦克风，只能站到立式麦克风前。符合这些条件的场合可不常有。

在一九八〇年的红白歌会彩排现场，小豆豆发现，近三个小时的直播中有一次使用手语的机会。她根据从"全日本聋哑联盟"那里学来的手语，准备好了台词。幸运的是，摄像师是小豆豆的老朋友。"到时候就拜托你啦! "

小豆豆偷偷嘱咐道，就这样迎来了正式的直播。

当白队的佐田雅志结束表演后，小豆豆站到立式麦克风前，双手在胸前合十。

"今天，四面八方的观众都在收看这档节目，其中肯定也有背井离乡、正独自坐在电视机前的人。我们的歌手正全力为大家歌唱，请大家也一定全力支持到底啊！"

这些话，小豆豆是同时用声音和手语说出来的。

短短不到三十秒，却是红白歌会第一次向有听觉障碍的观众传递信息，NHK收获了来自全国各地的赞赏。

二〇二二年的红白歌会，小豆豆是以评委的身份参加的。明明都在这行干了七十年了，她却还是出现了失误，错把荧光棒当成了麦克风，握在手里讲起话来。坐在一旁的花样滑冰选手羽生结弦自然地递来了麦克风，主持人樱井翔也帮忙解围："很容易搞错，我也老这么干！"现场的观众都大笑起来。

在笑声环绕的NHK剧场，小豆豆心中升起一股暖意。就算出了错，也不用纠结。红白歌会可真好啊！

小豆豆祈祷着，希望陪伴她成长的红白歌会能够一直一直办下去。

永远不生病的方法

忙到晕头转向，说的大概就是这种状态吧：每周都有好几档固定的电视和广播节目，每天都要熟记不同的台本，彩排完了紧跟着演出，再见缝插针地开会讨论……总是夜深了才坐上出租车回家，能躺在床上睡三个小时就很奢侈了。虽然如此，小豆豆毕竟还年轻，她沉浸在这样的生活中，并没有多想什么。

事情发生在明仁皇太子结婚的时候。在某档广播剧直播的过程中，小豆豆突然感到耳鸣。嗡嗡的声响越来越大，甚至盖过了另一位演员说台词的声音。第二天仍未好转，小豆豆给一位相熟的医院院长打去电话，说明了情况。

"再这样工作下去，你可是会死的哦。"

院长这么说道。

小豆豆吓了一跳，连忙抽空赶到医院。院长说她是过度疲劳，需要立刻住院。于是小豆豆又回到 NHK，挨个儿拜托各位导演："我要住院了，请让我休息吧。"但临时调整工作计划不是一件容易的事，导演们纷纷说："真难办啊！""其他节目无所谓，我这个节目你一定要出演啊！"

听到大家这么说，小豆豆觉得心情好转了不少。"要是我不在了，NHK 会垮掉吧？"她一边开玩笑，一边犹犹豫豫地继续工作。在此之前，小豆豆从未担心过自己的身体，耳鸣应该也不是什么大问题。

可是没过多久，耳鸣越来越严重了。一天早上起来，小豆豆发现膝盖下方出现了几个直径约五厘米的红斑，就像鲜红的花一样。她大声呼喊妈妈，妈妈见状竟然罕见地慌张起来："赶紧去医院！"院长的那句话又在耳边回响："你可是会死的哦。"

小豆豆慌慌张张地赶到医院，请院长诊疗。

过度疲劳有多种症状，小豆豆表现出来的是耳鸣和红斑。由于睡眠不足，腿部的毛细血管变得十分脆弱。

"如果不停下手头的工作住院治疗，是不会好的。"

小豆豆听从院长的话，决定住院一个月。虽然下了决心，但导演们的脸也浮现在她的脑海中。固定播出的节目不能缺席，小豆豆无法想象会得到怎样的答复。然而这一次，在她的再三请求下，导演们纷纷表态："身体是本钱，还请专心治疗。"

住院期间，看到自己参演的《父亲的季节》，小豆豆有种说不出来的感觉。在这部连续剧中，渥美清饰演一名大厨，小豆豆则扮演他的妻子。当店里的常客问"哎，夫人去哪儿了？"时，渥美先生答道："她回娘家住一阵子。"

原来是这样啊，只要一句"她回娘家住一阵子"就能打发了。小豆豆压缩睡眠时间出演的角色，原来也不过如此。要是为此丢了性命，可就成了"回娘家死了"……

另一档由小豆豆主持的节目更让她伤心。"黑柳女士因病休养，但一个月后就会复出，在此期间由我来代班。"哪怕有人说上这么两句，病房里的小豆豆也能松口气。可是代班的人半点儿没提小豆豆的事，说了句"大家好"便直接开播了。

"开什么玩笑！我一定要在医院里把身体养好，然后回去！"

复出的热情在小豆豆心头熊熊燃烧。

职场虽不能说是无情的，但也必须适时舍弃一些温情。一项工作关乎越多人，就越是如此。住院的一个月里，小豆豆意识到了这一点。

出院时，小豆豆问院长：

"有没有永远不生病的方法？"

院长这样回答：

"真是个少见的问题啊，还从没有人这么问过我。不过的确有一个方法，也是唯一的方法，那就是只做自己喜欢的事情，过自己想要的生活。"

　　这还不简单！小豆豆把脑海中浮现出的乐事一一列举：

　　"明天去看戏，后天去好吃的餐厅，大后天去电影院，大大后天再去商场……"

　　"谁说让你去玩了？我说请你只做喜欢的事情，意思是去做那些自己真正想做的工作。只要这样，人就不会生病。如果心里总觉得'真讨厌啊，真讨厌啊'，厌倦的情绪就会一点点积累起来，最终变成疾病。"

　　当时，"压力"这个词还不常用。院长一定是想说，不要在工作中积累压力，这才是最重要的。小豆豆回答："我明白了。"

　　从那以后直到现在，小豆豆都会避开那些"真讨厌啊"的工作，只做自己喜欢并擅长的事。当然，无论是电视台还是演员的工作，她都是因为喜欢才坚持至今的。

　　"我出院了！"当小豆豆向NHK的工作人员报告时，没有人说"已经没有你的位置了哦"之类的话。无论在哪个节目，她得到的都是一样的回答："请赶紧回来。"

哥哥

一九六〇至一九六四年前后，小豆豆的工作十分顺利。

说到参演的节目，《阿布、阿福、阿武》播了六年多，从一九六〇年九月一直到一九六七年三月。这是日本的第一部电视人偶剧，也是饭泽先生的作品。主人公是小猪三兄弟：嘟嘟囔囔的阿布，懒懒散散的阿福，勤勤恳恳的阿武。小豆豆扮演年纪最小的阿武。

一九六一年四月开播的《魔毯》是面向孩子的节目，采用了直升机航拍和影像合成等技术。伴随着"阿布拉卡达布拉"的咒语，小豆豆身穿阿拉伯风格的服装，和两个缠着头巾的小学生一起乘上魔毯，从校园上空飞过。这一幕倍受好评。

小学生们在校园里用身体排出大大的文字表示欢迎。这部剧深受孩子们喜爱，持续播出了三年多，直到举办东京奥运会时，直升机都被调去转播赛事了，节目就此画上句号。"我是当年坐过魔毯的小学生哦！"现在，小豆豆有时还会遇到这样的大叔，虽然他的容貌已完全改变了。

小豆豆也登上了许多面向成年人的节目。一九六一年四月推出的两档全新节目中，小豆豆都是常驻。

每周六晚上十点的《在梦中相见》是一档广为流传的音乐综艺节目，连续播了五年。《年轻的季节》则是一部喜剧，讲述了在银座的化妆品公司上班的年轻人的故事。这部剧每周日晚上八点和观众见面，是如今播放长篇历史连续剧的黄金时段。"鼻肇与疯猫"组合、坂本九等都有参演，被称为"有四十五位明星登场的节目"。

《在梦中相见》和《年轻的季节》都是直播。台本通常要在直播前两天才能拿到，参演者们背下台词后参加彩排，放到今天来看，日程之紧张简直无法想象。那几年连周末也总是不眠不休。不过能和这么多演员同台，小豆豆获益良多。

让小豆豆记忆犹新的，是《年轻的季节》那慢得出奇的台本。不到直播当天，台本是写不出来的，到最后连印刷的时间都没有，只能复印后分发给所有演员。当时的技术与现在不同，复印纸是淡紫色的，还黏糊糊的，拿到手上便会闻到一股醋味。一册册台本摞在桌子上，滴滴答答地淌着水。

与渥美清相遇，是在一九六〇年的电视剧《父亲的季节》的摄影棚里。这部剧就像《年轻的季节》的前身，由人称"榎健"的榎本健一主演。渥美先生中途加入剧组，扮演小豆豆的相亲对象。

渥美先生曾在浅草的"法兰西座"工作，是一流的喜剧演员。当时，以东八郎和关敬六为代表的许多一线喜剧演员都隶属这个剧场，井上厦也以短剧作家的身份出入其中。

"这位可是在浅草的剧团担任团长的人物哦。"

NHK 的人介绍道。

"您好，我是黑柳彻子。"

小豆豆打过招呼，渥美先生那双小眼睛深处的瞳孔立刻咻地动了一下。

啊，这个人的眼神好凶！这就是小豆豆对渥美先生的第一印象。渥美先生耸了耸肩说了句"你好"，似乎对在场的每一个人都抱有警惕。

渥美先生的声音非常好听。虽然上一秒气氛还很紧张，但彩排一开始，小豆豆就觉得他太适合这个角色了。不过演出一结束，他又恢复了一张冷脸。好在每周都有一次排练和演出，小豆豆习惯后就慢慢放松了下来。

初次见面后过了几周，大家在一起开会。大概是小豆豆说了句什么，渥美先生突然从椅子上站了起来。

"这娘们儿是怎么回事！"

语气中带着威胁。小豆豆从未听过"娘们儿"这个词，于是直率地追问道："娘们儿是什么意思？"她并没有恶意，也不是在讽刺。

渥美先生又坐了回去，说：

"啊，烦死了，我真是应付不来这种女人啊。"

对于在浅草苦苦磨炼技艺的渥美先生来说，从教会女校进入音乐学校、进而来到 NHK 剧团的小豆豆，看起来就像是不谙世事的温室里的花朵吧。

渥美先生也还没适应 NHK 的工作环境。当音响师提醒他"麦克风会坏的，再小点儿声"时，他总会不甘心地说："在浅草，就得比谁的声音大。"小豆豆看着这样的渥美先生，一个好主意浮上心头。她决定买一本喜欢的书，在下次录制时送给渥美先生。

"您看，世上还有这么美好的故事呢。请不要总是大喊'这个混账'什么的，读一读这样的书吧。"

小豆豆递出圣-埃克苏佩里的《小王子》。灰色的星球上站着一个金发的小男孩，渥美先生疑惑地盯着这个封面看了好一会儿，才犹犹豫豫地接过书。他害羞地说了句"谢谢"，匆匆离开了。

小豆豆和渥美先生逐渐变得无话不谈。两人从浅草聊到电影，聊到 NHK，再到大家经常一起去的中餐馆。

渥美先生说起话来总是妙趣横生。不知不觉间，两人的关系越来越好。渥美先生开始管小豆豆叫"大小姐"，小豆豆则管他叫"哥哥"。

他曾敞开心扉对小豆豆说：

"那些所谓有本事的家伙，就算是鸡毛蒜皮的事也能一个人在那儿说个不停，四五十分钟都不在话下。不是有那种人吗？整天坐在舞台最前面，跟夹着破报纸的老大爷搭话，从'你是从哪里来的'谈起，就能一直抓住观众的眼球。大家都相信这就了不起，就是能赚大钱的好演员，也都朝着这个方向努力。真是可悲啊。比起把剧本读明白，大家首先考虑的是怎么展现自己。每天接三场演出，新年期间一天甚至演上六七场。头三天演得还算认真，可是到了后来，干脆就都顶着老太太的假发出场。观众们看了也都笑得直捂肚子，说他们真是乱来。"

这是小豆豆完全未知的世界。

《在梦中相见》和《年轻的季节》也是两人共同参演的。至于哥哥后来如何大放异彩，应该也无须赘言，毕竟他是"寅次郎"啊。哥哥所说的"有本事的家伙"，一定就是他渥美清自己。

兼顾文学座

越是了解工作现场，小豆豆就越是动摇。

尽管出演了很多节目，可是毕竟没有接受过正式的演员训练，小豆豆心中渐渐生出自卑。无论是考上NHK还是参加培训时，她都没有想过要成为女演员。但如今，她开始对这一职业产生强烈的意识。和哥哥的关系越来越好，了解到的也越来越多，小豆豆认为必须好好锻炼自己了。

在懂行的人眼里，小豆豆大概还差得远。她演什么都像个大小姐，首先必须改掉这一点。身在NHK这样的大平台，即使做得不好，别人也会说"没关系，没关系"。可是身为独立演员就不同了，一旦做得不好，别人就会说"算了吧"，标准截然不同。

"我想克服自卑感，具备女演员的真本事。"

小豆豆的这个想法格外强烈。

在NHK参加培训时，小豆豆就去看过文学座的演出。

"人们就在眼前的舞台上呈现生动的表演，真是太有意思了。"她想起自己曾写下的感想，决定去文学座的剧场看一看，那里正在上演饭泽先生创作执导的《二号》。

小豆豆开始积极地观看文学座的招牌杉村春子的演出。舞台经验丰富的演员往往演技精湛，这一点她在电视台的演播室时就体会过。如今她更深刻地感受到，在舞台上演员需要调动全身来表演，这是与电视最大的不同。

"要是进入剧团认真学习，也许就能提升演技。"

小豆豆带着这样的想法去找杉村老师。

"我想加入文学座。"

面对小豆豆的请求，杉村老师如此回应：

"请一定要来哦。只要我打个招呼，不会有人说什么的。"

杉村老师对女演员是出了名地严厉。小豆豆明白，杉村老师待她亲切随和，或许是因为并没有把她当成女演员。虽然如此，她还是想着"老师也许会让我出演外国译介来的剧目"，就像登上了大船一样，安心地等待着答复。

杉村老师的答复却在意料之外。

"我在剧团的理事会上推荐了你，但有一个人反对，认为你一旦加入，文学座就会变得乱七八糟。不过，正好文学座刚刚成立了戏剧研究所，你就去那里吧。"

小豆豆在 NHK 的工作之余，开始前往信浓町的文学座附属戏剧研究所学习。当时还只有十八岁的江守彻与她同级。然而，到了次年一月，文学座就发生了演员大规模退团的风波。许多人都加入了以莎士比亚翻译名家福田恒存为中心的"剧团云"。

或许是因为女演员变少，导演戍井市郎问小豆豆："你要不要离开戏剧研究所，到文学座来？"想要与之同台的演员都去了新剧团，手边还有《在梦中相见》和《年轻的季节》等有趣的工作，小豆豆于是回答道："如果将来有机会加入剧团，希望文学座还能考虑我。"就这样，小豆豆以研修生的身份继续学习戏剧。

某个星期五，小豆豆的日程是这样的：

十点半至十四点，信浓町，文学座附属戏剧研究所

十四点至十六点，青山，国际广播中心，《阿布、阿福、阿武》录音

十九点至二十一点，田村町，NHK本馆，《年轻的季节》排练

二十点至二十二点，参加同时进行的《魔毯》排练

二十二点至次日两点，日比谷公园，NHK演播室，《在梦中相见》排练

依然是忙到"可是会死的哦"的程度，但并没有死去，小豆豆觉得，这是因为所有工作都是自己非常喜欢的。

从去文学座那年起，小豆豆也开始接受 NHK 以外的工作。

首先是商业广告。身为 NHK 的专职演员，能不能拍摄广告呢？小豆豆去找演艺部的负责人，想获得批准。

"我想接拍广告，您觉得怎么样呢？"

听了小豆豆的话，正埋头看资料的负责人唰地抬起头来，黑眼珠骨碌一转：

"给币吗？"

不知为什么，NHK 的大人物都管钱叫"币"。小豆豆回答："给。"

"那就去拍吧。观众们要是对你的广告感兴趣，也会来看 NHK 的节目的。"

小豆豆轻轻松松就得到了许可，开始拍摄商业广告。

见到编剧向田邦子，应该是在 TBS 电视台的演播室参演某部广播剧时。她坐在演播室玻璃窗的另一侧，正在写迟到的下一集剧本。真是个漂亮的人啊，小豆豆想。那时，因为负责 TBS 广播节目《森繁的重役读本》的剧本，向田女士刚刚开始受到关注。

"要不要一起去玩呢？"东京奥运会刚结束时，在女演员加藤治子的邀请下，小豆豆到向田女士家拜访。治子女士出演过向田女士的许多作品。

向田女士住在霞町公寓。霞町就是现在的西麻布。那是一幢用木头和砂浆建造的三层公寓，她住在二楼的 B-2 室。向田女士家并不宽敞，写字台旁边放着沙发，还养了一只暹罗猫。大家肚子饿了，她就会去厨房，用冰箱里的东西麻利地做饭。在仍然与父母同住的小豆豆眼里，她生活得真是潇洒又自由。

小豆豆迷上了向田女士的家。小豆豆和家人住在世田谷，而向田女士的公寓正好就在涩谷的 NHK、赤坂的 TBS 和六本木的 NET（现在的朝日电视台）的正中间，往来十分便利。小豆豆一有时间就去她家，与她相处起来也格外愉快。

很多时候，两人都只是默默地做着自己的事。小豆豆躺在沙发上读剧本，向田女士则在一旁奋笔疾书。她因总是迟交剧本而闻名，可她有自己的理由："早早把剧本交了，演员们会想得过多，所以我还是一直思考到最后一刻，再一口气写出来最好。"霞町从那时起就是个很有腔调的地方，小豆豆感到"环境也能成就女性的事业"这句话真是名言。

小豆豆非常依赖向田女士。正因为她时刻都在身旁，小豆豆才能在那些繁忙的日子中不停奔跑。

　　向田女士因空难离开后，小豆豆才得知，在自己频繁登门的那段日子，她的摄影师男友刚离世不久。小豆豆曾一直在想，向田女士为什么会说"什么时候来都可以"。后来她才明白，或许就是那些漫无目的的闲谈抚慰了向田女士。她们从未聊过有关恋人的事。

出发之歌

小豆豆下定决心，不再做 NHK 的专属演员。

她找森光子商量。"你认识哪位优秀的经纪人吗？"两人从拍摄《父亲的季节》起就一直有交往。森女士立刻邀请道："到我们这里来吧。"小豆豆就这样进入了森女士所属的吉田名保美事务所。

工作十分顺利。

舞台工作越来越多。在一九七〇年帝国剧场的新年公演中，小豆豆出演了百老汇音乐剧《乱世佳人》。导演和编舞是在百老汇执导过《无弦》等热门音乐剧的乔·雷顿。乔的妻子伊芙琳曾是一名广受好评的百老汇演员，为了协助丈夫的工作而退居幕后。乔非常信任她，她的意见也深刻地影响着乔的执导风格。

两人每次一起出现在排练场时，伊芙琳总是坐到一旁，静静地抽着烟，看着眼前的一切。排练结束后在附近的餐馆吃饭时，她会向乔指出当天的问题，从开场到最后，一处都不落下。乔则将她的话全都记在笔记本上，带到第二天的排练中。伊芙琳说她在家从不做饭，而乔也从未提出异议。原来还有这样的夫妻，小豆豆很感动。

小豆豆和伊芙琳成了好朋友。一次，她向伊芙琳说出了心里话："我想稍微休整一段时间。"她还吐露了一直以来在日本工作时感受到的不安与自卑。

伊芙琳立刻回应道："那么，你不妨考虑去纽约的戏剧学校学习，而且要去玛丽·塔卡伊所在的戏剧学校。在百老汇，没有比玛丽更好的老师了。她只教授专业人士哦。"

小豆豆曾经想去国外生活，但从来没有想过去学习表演。不过，伊芙琳那么忙，一旦公演结束返回纽约，一定会忘记这件事的。可没想到，她推荐的玛丽·塔卡伊老师竟然寄来了蓝色的航空信。

亲爱的彻子，我从没有指导过亚洲学生。但伊芙琳说，你是一位有才华的女演员，很希望在纽约学习表演，所以我想试着教教你。你什么时候来？我的课程是从秋天到来年初夏。

玛丽·塔卡伊

这封信给了小豆豆向前的力量。几天后，她毅然决然地告诉经纪人吉田女士："我想休息一两年。"

"现在正是你最好的时候，为什么要休息？"如果只看小豆豆的工作状况，旁人很容易产生这样的想法。也有人表示担忧："回来以后没有工作了怎么办？"可是，小豆豆已经下定决心了。要是离开日本一两年就被遗忘，那她就承认是自身实力不足，索性放弃也罢。

"请休息吧。"吉田女士的这句话给小豆豆打了一针强心剂。她帮助小豆豆整理了已经接手的工作，两人悄悄地筹备起来。

要说有什么留恋的，那就是 NHK 的晨间剧《茧子一个人》（一九七一年四月至一九七二年四月），拍到一半就要辞演。小豆豆把十月要去纽约学习表演的决定告知了NHK。当时的晨间剧与现在不同，通常要持续播出一整年，因此双方约定好小豆豆只演一半。

茧子从小就没能与父母一起生活。她从故乡青森来到东京，四处寻找抛弃自己的母亲。小豆豆扮演的是在茧子的寄宿家庭做保姆的"田口京"。这是一名中年女性，"早早失去了当船员的丈夫，一边在罐头工厂工作，一边照顾小学五年级的儿子与年迈的母亲。为了多赚点儿钱，她来到东京做保姆"。听说阿京是青森县八户人，小豆豆很吃惊，同时也充满了干劲。

扮演这个角色，或许能报答曾经庇护自己的青森。说方言肯定没问题，但小豆豆此前在电视剧里演的多是都市大小姐，为了演好阿京，她决定下足功夫。

首先，小豆豆认为不应该顾及个人形象。与其说是"不顾"形象，不如说是因为忙于谋生而"顾不上"。要表现出这种形象上的不在意，最重要的就是发型。小豆豆拜托NHK的床山先生为自己准备一顶假发，短发要烫成卷儿，还要保持常年不洗的感觉。小豆豆将假发戴得很深，只露出窄窄的额头，又配上一副像牛奶瓶底一样厚的高度数眼镜，再把脸颊抹成接近紫色的红，头部的造型就完成了。

接下来是服装。小豆豆请人找来不再时兴的衣服，又把棉花做成的赘肉穿在里面，完全变成了"不顾"的样子。捏一捏肚子上的肉，简直就像东京的电话簿一样厚。站到镜子前一看，已经全然不见小豆豆的影子了。

拍摄的第一天，整理好发型和服饰后，小豆豆趁空去NHK的食堂转了一圈。《茧子一个人》的导演正好也在那儿，身旁的座位还空着。

"早上好。"

小豆豆说着坐了下来。导演瞥了小豆豆一眼，"哦"地应付了一声，便立刻继续和同桌的杉良太郎交谈。杉先生也出演了《茧子一个人》。

"喂喂。"

小豆豆又搭了一次话，可导演还是一脸困惑。

啊，对了，自己这副模样，导演应该没认出来。小豆豆这才弄清状况。

"我是黑柳啊。"

小豆豆大声说。导演瞪大了眼睛，盯着小豆豆。

"真的是你！"他的表情就像"鸽子中了豆子枪"[①]一样惊慌，"完全没认出来。"

从开机到播出的两个月间，小豆豆有了难言的体验。每次装扮成阿京在 NHK 走来走去，不明真相的人总会把她当作"没眼力见儿的大婶"。即使她在走廊里打招呼，也总被忽视。在食堂点咖啡时，平日里笑脸相迎的女服务员一言不发，只是咚一声把咖啡放在桌上。在厕所排队时也一样，后来的年轻女孩会无视队伍，径直走到前面去。看到一个行动迟缓、笨手笨脚的大婶，人们就会想超过她。

小豆豆非常伤心。在演戏时通过角色观察别人的人生是常有的事，但如此强烈的体验还是头一回。

《茧子一个人》好评如潮。从四月开播起，"哪个是黑

---

① 日本俗语，形容因突发事件而吃惊、双眼圆瞪的样子。

柳女士"的询问也涌向NHK。变身太成功了！由于要去纽约留学，小豆豆已经和NHK约好，田口京的戏份只有半年，可这时NHK却想让她拍到最后一集。这样一来，小豆豆明年就还得待在日本，工作也必然会纷至沓来。还是得在十月辞演啊！就这样，小豆豆演到了动身前，以"田口京要去美国纽约的人家做保姆"收尾。

当小豆豆告诉妈妈自己要去纽约留学时，妈妈的大眼睛立刻亮了起来。她鼓励小豆豆："这不是很好吗？要去就趁现在哦。"六本木蛋糕店的姐姐对小豆豆说："不能在电视上看到彻子，我会非常寂寞的。"这让小豆豆觉得，自己投入工作的十八年并没有白白浪费。那天在NHK的食堂里没认出她的导演也爽快地为她送行："留学对你来说非常必要，你一定会带着有意思的东西回来的。"

一九七一年十月，小豆豆要出发了。

"路上小心。"

爸爸站在玄关处说。他或许有些孤单吧。

"好好享受啊。"

妹妹真理笑着挥手。

在过去的十八年间，每天早上一睁眼，日程就已经精确到每一分钟，小豆豆从没有一边琢磨"今天干什么好呢"一边迎接朝阳的时候。虽然工作顺利，伙伴们也很亲切，但老实说，小豆豆多少有些累了。她内心深处始终想要一些完全不同的东西。这份职业需要创造性，必须常常接受刺激，可现实却充满了重复，已经失去了新鲜感。

小豆豆想让自己乘坐的火车稍稍偏离长久以来的轨道，开到支线上去。在支线上静静停留的火车，看起来就像被飞速行驶的火车抛在后面一样。寂寞和不安确实存在，却也一定能够发现匆忙前行时未曾留意的风景。

吉田女士来到羽田机场为小豆豆送行。办完行李托运后，离登机还有一些时间，两人在机场的休息室里喝茶。小豆豆告诉吉田女士：

"我跟山冈久乃女士说我要去留学，她对我说：'一路顺风啊。我们都有这样的念头，可是因为要照顾家人，都去不了呢。你就代替我去吧。'泽村妈妈也说：'去吧，去吧，不过两年时间可真长啊。'"

大家的亲切让小豆豆心中溢满了喜悦。

"演戏的人都想更自由，想汲取更多东西。您能包容我的任性，我真的非常感激。"

吉田女士听着小豆豆的话，脸上露出了和蔼的微笑。

走上舷梯时，乘客们都一个劲儿地回头张望。送行的人们就站在观景台上，用力地挥动手臂。

离别是寂寞的，但全新的旅途会让内心跃动起来。

小豆豆心里响起了一首已经快要忘掉的歌：

离别是那么伤感
出发是那么喜悦
再见啦，再见啦，一遍又一遍
保重啊，保重啊，现在就出发

《阿杨、阿宁、阿东》里的三只白猴每次结束冒险、踏上下一段旅程时，小豆豆她们都会在演播室里唱起这首《出发之歌》。

后记

一口气写到这里，我发现人生还真是充满乐趣。我想要成为擅长读绘本的妈妈，结果不知不觉就出演了许多儿童节目。只不过，我始终没能给自己的孩子读绘本。

被任命为联合国儿童基金会的亲善大使后，让更多人关注到世界各地儿童的苦难成了我的工作。在非洲，当我抱着那些没有父母、即将死去的孩子时，我想，相比于孤独地离开这个世界，这样或许能让他们的心灵得到一些安慰。

刚从纽约回来时，我在主持新闻节目的同时也出演电视剧。有一次，我扮演了一个醉酒的角色，结果工作人员问我："你是不是真的喝了酒？"我从不沾酒，身边的人却觉得我特别能喝。我想，要是在电视剧里演了坏女人，恐怕会有人质疑"怎么能让坏女人主持新闻呢"。于是我推掉所有电视剧，只在剧场里登台。

我曾大喊"我要活到一百岁！"，小泽昭一先生听了说："好是好，可是真到了一百岁，想跟别人叙叙旧，身边却一个人也没有了，那该多寂寞啊。"我听得哇哇大哭。而现在，这句话正在变为现实。

　　渥美清哥哥，还有泽村妈妈，都已经离开了这个世界。约定要一起住养老院的山冈久乃女士、池内淳子女士也先我而去。永六辅先生曾对我说："真可怜啊，演艺界的家人们都走了。"可是，就连他也不在了。

　　哥哥身体突然变差的时候，我一无所知，还打电话过去说："一起吃饭吧。"给他留了好几次言后，才总算见了面。"你怎么回事啊，我打电话你也不回！难道是带着女人去温泉了吗？"我总是这样说话，渥美先生听了哈哈大笑。他摘掉帽子，用手绢擦着头上的汗水，还是笑个不停。

　　"大小姐，我可没有啊。"

　　"别骗我了。你啊，总是神神秘秘的！"

　　说着说着，哥哥又流着泪笑了。后来我才从他的夫人那儿得知，那时他的病情已经相当严重，在家里几乎坐不起来了。可我却满口玩笑话，也许他是觉得我无忧无虑，仍像往常一样开心。直到今天，渥美先生一边擦汗、一边大笑的样子犹在眼前。

　　泽村妈妈的病情恶化时，我几乎每天都去看她。就在那里，我接到了山田洋次先生的电话："渥美先生去世了。葬礼已经办完了，接下来会告知媒体。我想，还是先让你知道比较好。"山田先生的亲切让我十分感动，可是哥哥的离去却又那么令人伤心。

最近，好友野际阳子女士离世给了我很大打击。野际女士是我在 NHK 的同窗，她是播音员，我是剧团成员，关系一直很好。我们一起去洋装店，也一起去上法语课。平时我们常常用传真交流，她住在小石川的"传通院"附近，因此总会在结尾写上"于传通院"，我则会写上"于乃木坂"。最近，我见到了野际女士的女儿，她的手和母亲的一模一样，熟悉的感觉让我几乎落泪。

今年，《彻子的房间》迎来了第四十八年。对于刚上小学就被退学的我来说，能让我把一档节目做到四十八年，我很感激。在《彻子的房间》中，我曾向参演的人们逐一询问战争时期的事。如果现在不问，那些故事就会被逐渐遗忘。

池部良先生成为电影明星前做过陆军少尉。某次乘坐运输船南下时，遭到潜水艇攻击，船被击沉后，大家都在太平洋中挣扎。他有好几个年长的部下，当他们一边互相呼唤一边游泳时，有个人在海浪中说："长官，我把刀带着了。"池部先生告诉我："那把刀是我跳海前为了不让身体下沉而留在甲板上的。看到它，我一下哭了出来。"说到这里，他又补充了一句："只不过那时大家都在海里，没人看到我的眼泪。"

三波春夫先生讲述了日本即将投降时与苏联军队作战的情形。从碉堡中射出的子弹击中了年轻的苏联士兵。到了夜里，三波先生他们正在碉堡中静静待命，忽然从黑暗中传来苏联士兵喊"妈妈、妈妈"的声音。声音越来越小，不一会儿便听不到了。"我反对战争。"三波先生的话语掷地有声。

淡谷法子女士曾参加慰问活动，工作人员在演出前对她说："坐在这里的都是特攻队员，中途可能会有失礼离席的时候。"淡谷女士一开始唱布鲁斯，大家就都探出身子聆听。听着听着便有一个年轻人站起来，朝淡谷女士敬了个礼就离开了。"他笑眯眯的呢，朝我敬了礼就出去了。我哭得根本无法再唱下去。"我忘不了淡谷女士的讲述。

按照惯例，二〇二二年最后一期节目的嘉宾依然是森田一义先生。"您觉得明年会是怎样的一年呢？"听到我的提问，他这样回答道："该怎么说呢，（日本）大概会进入新的战前时代吧。"我想祈祷，让这个预言永远永远不要成真。

《彻子的房间》的四十八年，也是不断聊起这一话题的四十八年。我想把自己亲历的战争记录下来，这也是我写下《续窗边的小豆豆》的理由之一。

就在最近，我收到了自己成为日本艺术院一员的通知，心中很感激。我也被评为"文化功劳者"，并获得了三等"瑞宝章"。再过两年，《彻子的房间》就将迎来五十周年。以前我常说"目标是五十年"，最近我又有了做到一百岁的想法。如果那时头脑还清醒，我一定已经接受一切了吧：虽然没能成为母亲，但也无所谓啦。

到了那时，我会对让我拥有健康身体的爸爸妈妈说声谢谢。

对于那些理解我的人，我也要从心底说一声感谢。

真是让人期待啊！

黑柳彻子

二〇二三年八月

图书在版编目（ＣＩＰ）数据

续窗边的小豆豆／（日）黑柳彻子著 ；（日）岩崎千
弘图 ；史诗译. —— 海口 ：南海出版公司，2024.5
ISBN 978-7-5735-0888-1

Ⅰ . ①续… Ⅱ . ①黑… ②岩… ③史… Ⅲ . ①儿童小
说－长篇小说－日本－现代 Ⅳ . ①I313.84

中国国家版本馆CIP数据核字(2024)第061183号

续窗边的小豆豆

〔日〕黑柳彻子 著
〔日〕岩崎千弘 图
史诗 译

出　　　版　南海出版公司　　（0898)66568511
　　　　　　　海口市海秀中路51号星华大厦五楼　　邮编 570206
发　　　行　新经典发行有限公司
　　　　　　　电话(010)68423599　　邮箱 editor@readinglife.com
经　　　销　新华书店

责任编辑　侯明明
特邀编辑　尹子粤　朱文曦　王心谨
营销编辑　王蓓蓓　刘洁青　朱　晨
装帧设计　李照祥
内文制作　张　典

印　　　刷　北京盛通印刷股份有限公司
开　　　本　850毫米×1168毫米　1/32
印　　　张　8
字　　　数　141千
版　　　次　2024年5月第1版
印　　　次　2024年5月第1次印刷
书　　　号　ISBN 978-7-5735-0888-1
定　　　价　49.00元

著作权合同登记号　图字：30—2024—094

《ZOKU MADOGIWA NO TOTTOCHAN》
©Tetsuko Kuroyanagi 2023
All rights reserved.
Original Japanese edition published by KODANSHA LTD.
Publication rights for Simplified Chinese character edition arranged with KODANSHA LTD.
through KODANSHA BEIJING CULTURE CO., LTD. Beijing, China